जानिए संघ को

जानिए संघ को

अरुण आनंद

प्रभात
प्रकाशन

प्रकाशक

प्रभात प्रकाशन प्रा. लि.

4/19 आसफ अली रोड, नई दिल्ली-110002

फोन : 011-23289777 • हेल्पलाइन नं. : 7827007777

इ-मेल : prabhatbooks@gmail.com ❖ वेब ठिकाना : www.prabhatbooks.com

संस्करण

2026

पेपरबैक मूल्य

तीन सौ पचास रुपए

मुद्रक

नरुला प्रिंटर्स, दिल्ली

★

JANIYE SANGH KO
by Shri Arun Anand

Published by **PRABHAT PRAKASHAN PVT. LTD.**
4/19 Asaf Ali Road, New Delhi-110002

ISBN 978-93-86231-91-8

₹ 350.00 (PB)

सीमा और तेजस
के लिए

''न तो इच्छाओं के पीछे भागो, न ही उनसे दूर भागो,
जो भी होता है, उसे सहज भाव से स्वीकार करो!''

—*स्वामी विवेकानंद*

लेखकीय

राष्ट्रीय स्वयंसेवक संघ के बारे में अनेक पुस्तकें मौजूद हैं। इनमें से अधिकतर पुस्तकें या तो संघ विरोधी हैं या संघ समर्थक। स्मरणीय बात यह है कि संघ के समर्थक और विरोधी, दोनों ही संघ के बारे में बिना पर्याप्त जानकारी के अपने तर्क पेश करते रहते हैं। यह पुस्तक इस कमी को पूरा करने का प्रयास है और इसमें संघ के कार्यों तथा सांगठनिक ढाँचे की तथ्यात्मक जानकारी दी गई है। इस पुस्तक के लिए शोध करने और इसे लिखने में मुझे करीब दो साल का समय लगा। इस शोधकार्य में मेरी सहायता इतने लोगों ने की है कि सभी के नाम यहाँ पर दे पाना संभव नहीं है। मैं उन सभी को धन्यवाद देता हूँ। मैंने अपनी योग्यतानुसार सारे तथ्यों की जाँच-पड़ताल करने का प्रयास किया है। इस पुस्तक में किसी भी तरह की त्रुटि के बारे में जानकर मुझे खुशी होगी, क्योंकि इससे आनेवाले संस्करणों में उस त्रुटि को दूर करने में सहायता मिलेगी।

मेरे मित्र मेरी शक्ति के स्रोत रहे हैं। ऐसे मित्र और सहयोगी-परिवार पाना मेरा सौभाग्य है। सबसे बढ़कर तो समय निकालकर इस पुस्तक को पढ़नेवाले पाठकों को भी मैं धन्यवाद देता हूँ। मुझे उनके विचारों (फीडबैक) का बेसब्री से इंतजार रहेगा।

—अरुण आनंद

अनुक्रम

संघ की शुरुआत

आज जिस राष्ट्रीय स्वयंसेवक संघ (आर.एस.एस.) को विश्व के सबसे बड़े स्वयंसेवी संगठन के रूप में जाना जाता है, उसकी नींव डॉ. केशव बलिराम हेडगेवार ने रखी थी। चिकित्सा स्नातक की शिक्षा प्राप्त करनेवाले डॉ. हेडगेवार ने अपने जीवन का शेष समय संघ की स्थापना और विस्तार करने में लगाया। इस संगठन की बहुत सामान्य सी एक दैनिक कार्य-पद्धति है—सुबह या शाम को घंटे भर के लिए किसी खुले मैदान में लोगों का एक साथ मिलना। इसे संघ की 'शाखा' कहते हैं। शाखा में आनेवाले लोग 'स्वयंसेवक' कहलाते हैं। वे हल्के-फुल्के व्यायाम, कबड्डी जैसे देसी खेल-कूद और लाठी चलाने जैसी ग्रामीण युद्धकला का अभ्यास करते हैं। इसी एक घंटे की अवधि में स्वयंसेवक आपस में गीत गायन, धर्म-संस्कृति, इतिहास और समकालीन परिस्थितियों पर चर्चा भी करते हैं। आज भारत में प्रतिदिन लगभग 50 हजार शाखाएँ लगती हैं। इसके अलावा लाखों स्वयंसेवक ऐसे हैं, जो संघ के विभिन्न अनुषंगी संगठनों में सक्रिय हैं।

रविवार, 1 अप्रैल, 1889

को प्रातःकाल जन्म लेनेवाले बालक केशव ने डॉक्टरी की पढ़ाई पूरी करने के बाद 36 साल की अवस्था में नागपुर के एक खँडहर में कुछ युवकों को लेकर पहली शाखा सन् 1925 में शुरू की। हेडगेवार परिवार तेलंगाना के कंडकूर्ति गाँव का मूल निवासी था। यह गाँव गोदावरी, हरिद्रा और वंज्रा नदियों के पवित्र संगम तट पर बसा है। हिंदू-धर्मशास्त्रों में गोदावरी के इस पवित्र संगम का उल्लेख मिलता है। यही स्थान कन्नड़, तेलुगु और मराठी तीन क्षेत्रीय भाषाओं का मिलन स्थल भी है। किसी समय यह विद्वानों का अध्ययन-केंद्र हुआ करता था।

1 अप्रैल, 1889 को प्रातःकाल जन्म लेनेवाले बालक केशव ने डॉक्टरी की पढ़ाई पूरी करने के बाद 36 साल की अवस्था में नागपुर के एक खँडहर में कुछ युवकों को लेकर पहली शाखा सन् 1925 में शुरू की। हेडगेवार परिवार तेलंगाना के कंडकूर्ति गाँव का मूल निवासी था।

कालांतर में कई ब्राह्मण परिवार अच्छे जीवन व अवसर की चाह में तेलंगाना छोड़कर नागपुर में बस गए। वहाँ के भोंसले शासक वैदिक शिक्षा के संरक्षक माने जाते थे। नागपुर आकर बसनेवालों में एक थे नरहरि शास्त्री, जिनके पौत्र थे बलिराम पंत हेडगेवार। सन् 1853 में जब नागपुर अंग्रेजी शासन के अधीन आ गया, तब वैदिक शिक्षा की जगह अंग्रेजी शिक्षा का प्रभाव बढ़ने लगा। परिणाम यह हुआ कि अनेक वैदिक विद्वानों को जीविका चलाने के लिए पुरोहित-पुजारी का काम करना पड़ा। इससे पर्याप्त आय नहीं होती थी। जीवन अभावों में काटना पड़ता था। बलिराम पंत ऐसे ही ब्राह्मण परिवारों में से थे, फिर भी उन्होंने अपनी पत्नी रेवती बाई के साथ सादगी और संतोष का जीवन बिताया।

उनकी छह संतानों में तीन पुत्र और तीन पुत्रियाँ थीं। पुत्रों में महादेव, सीताराम और केशव थे, तीन बेटियाँ थीं—सारू, राजू और रंगू। केशव अपने माता-पिता की पाँचवीं संतान थे।

मात्र तेरह साल की अवस्था में बालक केशव के सिर से माता-पिता का साया उठ गया। प्लेग की बीमारी उन दिनों जानलेवा होती थी। आर्थिक संकट के बावजूद केशव ने अपनी पढ़ाई जारी रखी। नागपुर, यवतमाल और पूना (अब पुणे) की विभिन्न शिक्षण संस्थाओं में अध्ययन करते हुए वे राष्ट्रीय स्वाधीनता आंदोलन में शामिल हो गए। केशव युवावस्था में लोकमान्य तिलक के प्रखर राष्ट्रवाद से बहुत प्रभावित हुए। सन् 1910 में वे चिकित्सा विज्ञान का अध्ययन करने कलकत्ता (अब कोलकाता) चले गए। उस समय कलकत्ता क्रांतिकारियों की सक्रियता का प्रमुख केंद्र था। त्रिलोकीनाथ चक्रवर्ती ने अपनी पुस्तक '30 ईयर्स इन जेल' में लिखा है कि केशव बलिराम हेडगेवार 'अनुशीलन समिति' के सदस्य हो गए थे। यह समिति अपने समय में क्रांतिकारी स्वाधीनता सेनानियों के दल के रूप में विख्यात हो चुकी थी। उस अनुशीलन समिति के सदस्य और मेडिकल छात्र के नाते केशव सन् 1910 से 1916 तक कलकत्ता में रहे।

मात्र तेरह साल की अवस्था में बालक केशव के सिर से माता-पिता का साया उठ गया। प्लेग की बीमारी उन दिनों जानलेवा होती थी। आर्थिक संकट के बावजूद केशव ने अपनी पढ़ाई जारी रखी। नागपुर, यवतमाल और पूना (अब पुणे) की विभिन्न शिक्षण संस्थाओं में अध्ययन करते हुए वे राष्ट्रीय स्वाधीनता आंदोलन में शामिल हो गए।

नागपुर लौटकर उन्होंने सन् 1916 में अपने मित्र भाऊजी कर्वे के साथ मिलकर विदर्भ और मराठवाड़ा क्षेत्र में क्रांतिकारी दल गठित करने का प्रयास किया, लेकिन कोई खास सफलता नहीं मिली। संभवत: इसी दौरान वे नागपुर के अखाड़ों और व्यायामशालाओं के संपर्क में आए। सन् 1921 में वहाँ लगभग 230 अखाड़े थे। दस साल में यानी सन् 1931 तक उनकी संख्या 570 तक पहुँच गई। व्यायाम और कुश्ती जैसे पारंपरिक खेलों के शौकीन युवकों की अनेक टोलियाँ इन अखाड़ों से जुड़ी थीं। स्वाधीनता आंदोलन में सक्रिय डॉ. हेडगेवार ने कई अखाड़ों से बड़े मजबूत संबंध बना लिये। सन् 1921 में वे असहयोग आंदोलन में शामिल हुए। उस समय ब्रिटिश सरकार ने उन्हें देशद्रोह समेत कई प्रकार के आरोपों में गिरफ्तार कर लिया था। अगस्त 1921 में देशद्रोह के मामले की सुनवाई के दौरान उन्होंने एक लिखित वक्तव्य पढ़ा, जो इस प्रकार था—

नागपुर लौटकर उन्होंने सन् 1916 में अपने मित्र भाऊजी कर्वे के साथ मिलकर विदर्भ और मराठवाड़ा क्षेत्र में क्रांतिकारी दल गठित करने का प्रयास किया, लेकिन कोई खास सफलता नहीं मिली। संभवतः इसी दौरान वे नागपुर के अखाड़ों और व्यायामशालाओं के संपर्क में आए। सन् 1921 में वहाँ लगभग 230 अखाड़े थे।

1. "मुझ पर आरोप है कि मेरे भाषणों ने भारतीयों के मन में ब्रिटिश साम्राज्य के प्रति असंतोष, घृणा और देशद्रोह की भावना फैलाई और इससे भारतीयों तथा यूरोपीय लोगों के बीच फूट के बीज पड़े। मुझे इसका स्पष्टीकरण देने को कहा गया है। मैं मानता हूँ कि एक विदेशी सरकार का किसी मूल भारतीय नागरिक से

पूछताछ करना और खुद न्यायकर्ता बन जाना मेरे महान् देश की गरिमा का खुला अपमान है।

2. ''मैं नहीं मानता कि आज भारत में कोई विधि-सम्मत सरकार है। यदि कोई ऐसा दावा करता है तो आश्चर्य ही होगा। दरअसल एक हड़पी हुई सत्ता दमनकारी शासन के जरिए ताकतवर बनी हुई है। वर्तमान कानून और अदालतें तो इसी अनधिकृत सत्ता के उपकरण मात्र हैं। दुनिया के किसी भी हिस्से में केवल वही सरकार कानून लागू करने के लिए अधिकृत होती है, जो जनता की भलाई के लिए खुद जनता के द्वारा बनाई गई हो। इसके अलावा शासन का कोई भी स्वरूप असहाय राष्ट्रों को लूटने के लिए सत्ता हथियाने वालों का छल मात्र होता है।

मैं नहीं मानता कि आज भारत में कोई विधि-सम्मत सरकार है। यदि कोई ऐसा दावा करता है तो आश्चर्य ही होगा। दरअसल एक हड़पी हुई सत्ता दमनकारी शासन के जरिए ताकतवर बनी हुई है। वर्तमान कानून और अदालतें तो इसी अनधिकृत सत्ता के उपकरण मात्र हैं।

3. ''मैंने तो सिर्फ अपने देशवासियों के मन में उस मातृभूमि के उत्थान के लिए व्याकुल होने का भाव जगाने का प्रयास किया है, जो अभी बहुत बुरी दशा में है। मैंने लोगों के मन में यह धारणा विकसित करने की कोशिश की कि भारत केवल भारतीयों का है। यदि किसी भारतीय का बोलना और राष्ट्रीयता की भावना का प्रचार करना देशद्रोह माना जाएगा और यदि वह भारतीयों तथा यूरोपीय लोगों के बीच घृणा फैलाए बिना भी

सच नहीं बोल सकता, तो यूरोपीय लोगों और खुद को भारत की सरकार होने का दावा करनेवालों को अच्छी तरह समझ लेना चाहिए कि वह दिन दूर नहीं, जब विदेशियों को यह देश छोड़ने के लिए मजबूर होना पड़ेगा।

4. ''सरकार ने मेरे भाषण का जो स्वरूप पेश किया है, वह न तो सही है, न संपूर्ण। भाषण के कुछ नोट और अटपटे वाक्यों को लापरवाही से एक साथ रख दिया गया है; लेकिन मैं इससे विचलित नहीं हूँ। जहाँ तक ब्रिटेन और यूरोप के लोगों के साथ व्यवहार की बात है, मेरे दिमाग में यह बात साफ है कि यह दो देशों के बीच पारस्परिक संबंध के बुनियादी सिद्धांतों पर आधारित होना चाहिए। मैंने जो कुछ कहा, उसका मकसद अपने देशवासियों के जन्मसिद्ध अधिकार को जताना तो है ही, यह स्वाधीनता पाने के लिए हमारी अपरिहार्यता भी है। मैं अपने कहे गए हर शब्द पर आज भी कायम हूँ। हालाँकि अपने खिलाफ लगे आरोपों पर मैं इसके सिवा कुछ नहीं कह सकता, फिर भी अपने भाषण के हर वाक्य और शब्द को उचित

ठहराने के लिए मैं प्रतिबद्ध हूँ। और घोषित करता हूँ कि मैंने जो कुछ कहा, वह सब पूरी तरह विधि-सम्मत है।''

इस बयान को सुनने के बाद एक अंग्रेज न्यायाधीश ने कहा था, ''अपने बचाव में दिया गया उनका (डॉ. हेडगेवार) बयान मूल भाषण से कहीं ज्यादा देशद्रोहात्मक है।'' डॉ. हेडगेवार को एक साल कैद की सजा सुनाई गई। जुलाई, 1922 में अजानी जेल से उन्हें रिहा किया गया। उसी दिन शाम को उनका नागरिक अभिनंदन समारोह आयोजित किया गया था। सभा में उस समय की कांग्रेस के वरिष्ठ नेता मोतीलाल नेहरू और हकीम अजमल खाँ ने भी भाषण दिया था। मोतीलाल नेहरू जाने-माने वकील थे। उनके पुत्र पं. जवाहरलाल नेहरू बाद में स्वाधीन भारत के पहले प्रधानमंत्री बने। डॉ. हेडगेवार की रिहाई पर 'द वीकली महाराष्ट्र' ने एक लेख प्रकाशित किया था, जिसमें कहा गया था—''डॉ. हेडगेवार की प्रखर देशभक्ति और निस्स्वार्थ भावना को शब्दों में व्यक्त नहीं किया जा सकता। आग से तपकर निकलने पर उनके व्यक्तित्व के इस गुण में और चमक आ गई है।''

इस बयान को सुनने के बाद एक अंग्रेज न्यायाधीश ने कहा था, ''अपने बचाव में दिया गया उनका (डॉ. हेडगेवार) बयान मूल भाषण से कहीं ज्यादा देशद्रोहात्मक है।'' डॉ. हेडगेवार को एक साल कैद की सजा सुनाई गई। जुलाई, 1922 में अजानी जेल से उन्हें रिहा किया गया।

डॉ. हेडगेवार द्वारा राष्ट्रीय स्वयंसेवक संघ की स्थापना तथा इस संगठन के निर्माण के लिए अपना पूरा जीवन समर्पित करने के पीछे अनेक कारण हैं। कहा जाता है कि ऐसी कोई एक घटना नहीं, बल्कि अनेक कारक हैं, जिनके कारण वे इस ओर अभिप्रेरित हुए। इनमें

मुसलमानों को खुश करने की बढ़ती प्रवृत्ति शामिल है, जो कांग्रेस के कुछ कार्यों में प्रतिबिंबित हो रही थी, जैसे—1920 में अखिल भारतीय कांग्रेस अधिवेशन में गौ वध पर प्रतिबंध लगाने से संबंधित प्रस्ताव को रद्द करना।

इसके अलावा उस समय के कुछ अंतरराष्ट्रीय घटनाक्रम ऐसे थे, जिनसे द्वितीय विश्वयुद्ध के आसार साफ दिखने लगे थे। कांग्रेस में डॉ. हेडगेवार के साथ रह चुके अप्पाजी जोशी के अनुसार, हेडगेवार अकसर कहा करते थे कि जर्मनी प्रथम विश्वयुद्ध में अपनी पराजय का बदला लेने की कोशिश अवश्य कर सकता है। इसमें लगभग बीस साल लगेंगे, इसलिए सन् 1940 तक दूसरा विश्वयुद्ध हो सकता है। उन्होंने महसूस किया कि अब एक ऐसे सशक्त, अनुशासित और कार्यकर्ता आधारित संगठन की आवश्यकता है, जो विश्वयुद्ध की परिस्थिति का लाभ उठाकर ब्रिटिश सरकार को भारत छोड़ने के लिए बाध्य कर सके। उनका दृढ मत था कि सन् 1940 तक के समय का उपयोग ऐसे संगठन की स्थापना और उसे मजबूत करने में लगाया जाना चाहिए, ताकि यह संगठन ब्रिटिश शासन को उखाड़ फेंकने में अंतिम प्रहार कर सके।

इसके अलावा उस समय के कुछ अंतरराष्ट्रीय घटनाक्रम ऐसे थे, जिनसे द्वितीय विश्वयुद्ध के आसार साफ दिखने लगे थे। कांग्रेस में डॉ. हेडगेवार के साथ रह चुके अप्पाजी जोशी के अनुसार, हेडगेवार अकसर कहा करते थे कि जर्मनी प्रथम विश्वयुद्ध में अपनी पराजय का बदला लेने की कोशिश अवश्य कर सकता है।

सशस्त्र क्रांतिकारी संगठन और महात्मा गांधी के नेतृत्ववाले

अहिंसात्मक राष्ट्रीय स्वाधीनता संग्राम दोनों में सक्रिय रहने के कारण डॉ. हेडगेवार को अच्छा व्यावहारिक अनुभव था। इसलिए उन्हें लगा कि ऐसा अनुशासित, प्रशिक्षित और कार्यकर्ता आधारित राष्ट्रवादी संगठन होना चाहिए, जो प्रखर राष्ट्रवादी चरित्र का निर्माण करने जैसे आधारभूत क्षेत्र में काम कर सके। डॉ. हेडगेवार मानते थे कि जब तक ऐसा राष्ट्रवादी संगठन नहीं होगा, तब तक भारत स्वाधीनता मिल जाने पर भी उसे अक्षुण्ण बनाए रखने में सक्षम नहीं होगा। असहयोग आंदोलन के बाद जो हिंदू-मुसलिम दंगे हुए, उससे उनके सामने स्थिति और साफ हो गई। स्वाधीनता संघर्ष का तत्कालीन नेतृत्व जो तरीके अपना रहा था, उससे डॉ. हेडगेवार का मोहभंग हो गया था। उन्हें लगा कि बुनियादी सवालों का हल खोजे बिना जो त्वरित उपाय किए जा रहे हैं, वे दीर्घकालिक और स्थायी समाधान नहीं हो सकते।

राष्ट्रीय स्वयंसेवक संघ की स्थापना सन् 1925 में विजयादशमी (दशहरा) के दिन हुई। पौराणिक हिंदू धर्मग्रंथों की मान्यता के अनुसार, भगवान् श्रीराम ने जिस दिन लंका के राक्षसराज रावण का वध कर विजय प्राप्त की थी, उसी दिन विजयादशमी मनाई जाती है। दस सिरवाले रावण की पराजय के कारण इस त्योहार को 'दशहरा' भी कहते हैं।

राष्ट्रीय स्वयंसेवक संघ की स्थापना सन् 1925 में विजयादशमी (दशहरा) के दिन हुई। पौराणिक हिंदू धर्मग्रंथों की मान्यता के अनुसार, भगवान् श्रीराम ने जिस दिन लंका के राक्षसराज रावण का वध कर विजय प्राप्त की थी, उसी दिन विजयादशमी मनाई जाती है। दस सिरवाले रावण की पराजय के कारण इस त्योहार को 'दशहरा' भी कहते हैं। कालांतर में यह उत्सव अनीति, अत्याचार, बुराई और कुशासन पर अच्छाई या

धर्म की विजय का प्रतीक बन गया। इसी दिन संघ का सूत्रपात कर डॉ. हेडगेवार ने तत्कालीन समाज को पराजित मानसिकता से बाहर निकलने का संदेश भी दे दिया था। आज यह जानकर बड़ा आश्चर्य होता है कि संघ की शुरुआत सिर्फ 15-20 लोगों से हुई थी, उनमें भी अधिकतर किशोर या तरुण थे। स्थापना के समय जो लोग उपस्थित थे, उनमें भाऊजी कर्वे, अन्ना सोहनी, विश्वनाथ राव केलकर, बालाजी हुड्डर और बापूराव भेड़ी प्रमुख थे। इसके लिए कोई प्रारंभिक तैयारी भी नहीं की गई थी। देश की सेवा के लिए युवकों को शारीरिक, मानसिक और बौद्धिक रूप से सशक्त बनाना ही संघ का एकमात्र लक्ष्य था। नियमित रूप से प्रतिदिन लगनेवाली शाखा तो वस्तुतः 28 मई, 1926 से प्रारंभ हुई। ऐसी पहली शाखा नागपुर के मोहितेवाड़ा मैदान में लगी। अब यह स्थान राष्ट्रीय स्वयंसेवक संघ के विस्तृत मुख्यालय परिसर का हिस्सा है। संघ की शाखा में शारीरिक अभ्यास और अन्य कार्यों के लिए स्वयंसेवकों को पहले कुछ निर्देश अंग्रेजी में दिए जाते थे; लेकिन धीरे-धीरे संगठन

का विस्तार हुआ और सारे निर्देश संस्कृत या स्थानीय भाषा में दिए जाने लगे। पारंपरिक भारतीय संस्कृति में विश्वास जगाने के लिए संघ बहुत सचेत ढंग से प्रयत्नशील रहा, इसलिए संस्कृत को अपनाया गया। संस्कृत कई भारतीय भाषाओं की जननी तो है ही, इसे संस्कृति का अभिन्न हिस्सा माना जाता है। संघ की हजारों दैनिक शाखाओं में स्वयंसेवकों को मुख्य औपचारिक निर्देश संस्कृत में देने की परंपरा आज भी जारी है। किसी स्थान पर शाखा का श्रीगणेश सैन्य अनुशासन और सम्मान के साथ पारंपरिक भगवा ध्वज (केसरिया झंडा) फहराने के साथ होता है। समापन के समय ध्वज के सम्मुख समवेत प्रार्थना करने के बाद उसे आदर के साथ उतारा जाता है। भगवा ध्वज का स्वरूप अग्नि की दो शिखाओं जैसा बनाया गया है। ध्वज प्रणाम और इसके समक्ष सामूहिक प्रार्थना करने की दैनिक परंपरा के पीछे क्या तर्क और दर्शन है, इस पर पुस्तक में आगे प्रकाश डाला गया है। शुरुआती दौर में संघ की प्रार्थना के रूप में मराठी-हिंदी मिश्रित कविता के सामूहिक गायन से शाखा का समापन होता था। बाद में प्रार्थना पूरी तरह संस्कृत में हो गई। पहले की या अब तक प्रचलित, दोनों ही प्रार्थनाओं का उद्‌देश्य स्वयंसेवकों

में देशभक्ति की भावना जगाना और उसे लगातार प्रखर बनाए रखना था। पहली शाखा में जो प्रार्थना की गई, उसका भाव इस प्रकार था—

उस मातृभूमि को प्रणाम, जहाँ मेरा जन्म हुआ
उस हिंदूभूमि को प्रणाम, जहाँ मैं पला-बढ़ा,
उस धर्मभूमि को बार-बार प्रणाम, जिसके लिए मेरी
देह बलिदान भी हो सकती है।

आज की शाखाओं में जो प्रार्थना संस्कृत में की जाती है, उसके भाव भी लगभग यही हैं। इस पुस्तक में आगे प्रार्थना की व्याख्या की गई है और यह भी बताया गया है कि राष्ट्रीय स्वयंसेवक संघ में इसका क्या महत्त्व है।

रोचक तथ्य यह है कि स्थापना के लगभग छह महीने बाद इस संगठन का नामकरण 'राष्ट्रीय स्वयंसेवक संघ' के रूप में किया जा सका। 17 अप्रैल, 1926 को डॉ. हेडगेवार ने अपने आवास पर एक बैठक बुलाई, जिसमें 26 स्वयंसेवकों ने भाग लिया था।

रोचक तथ्य यह है कि स्थापना के लगभग छह महीने बाद इस संगठन का नामकरण 'राष्ट्रीय स्वयंसेवक संघ' के रूप में किया जा सका। 17 अप्रैल, 1926 को डॉ. हेडगेवार ने अपने आवास पर एक बैठक बुलाई, जिसमें 26 स्वयंसेवकों ने भाग लिया था। उसमें उस नए संगठन के नाम पर काफी विचार-विमर्श हुआ, जिसे वे एकजुट होकर गढ़ना-बनाना चाहते थे। उन्हें नहीं पता था कि वे बैठक में संगठन का जो नाम तय करने वाले हैं, वह नाम आनेवाले वर्षों में पूरी दुनिया में चर्चित होगा। डॉ. हेडगेवार के आवास पर हुई बैठक में कई नाम सुझाए गए और प्रत्येक नाम पर बारीकी से

विचार किया गया। अंततः तीन नाम सामने आए—

1. राष्ट्रीय स्वयंसेवक संघ,
2. जरीपटका मंडल,
3. भारतोद्धारक मंडल।

इन नामों पर आगे और भी चर्चा हुई, लेकिन पहले सुझाए गए नाम 'राष्ट्रीय स्वयंसेवक संघ' को ही अंतिम रूप से चुन लिया गया।

□

संघ परिवार

संघ परिवार का संगठनात्मक स्वरूप

राष्ट्रीय स्वयंसेवक संघ को समझने के लिए संघ परिवार के विस्तृत संगठनात्मक ढाँचे के बारे में जानना आवश्यक है। सामान्यतया संघ और इसके अनुषंगी संगठनों को मिलाकर 'संघ परिवार' कहलाता है। संघ अपने अनुषंगी संगठनों का प्रवर्तक होने के साथ-साथ उन्हें दिशा-निर्देश, संसाधन और सहयोग भी प्रदान करता है।

संघ परिवार का संगठनात्मक ढाँचा बहुआयामी है, इसलिए इसे अच्छी तरह न समझने पर गलती हो सकती है। अकसर देखा जाता है कि अखबार की खबर या टी.वी. पर बहस के दौरान संघ के 'प्रचार प्रमुख' को 'प्रचारक प्रमुख' बता दिया जाता है। एक और उदाहरण— देश के विश्वविद्यालय परिसरों में सक्रिय छात्र संगठन अखिल भारतीय विद्यार्थी परिषद् (ए.बी.वी.पी.) की बात करें तो इसका जिक्र आमतौर पर प्रमुख राजनीतिक दल भारतीय जनता पार्टी (भाजपा) की छात्र इकाई के रूप में किया जाता है, जो कि सही नहीं है। हालाँकि व्यावहारिक तौर पर विद्यार्थी परिषद् और भाजपा आपसी तालमेल से काम करते दिख सकते हैं। यह भी सच है कि इस समय के कई बड़े भाजपा नेताओं की राजनीतिक दीक्षा विद्यार्थी परिषद् में काम करने के दौरान हुई; फिर भी विद्यार्थी परिषद् अपनी शुरुआत से अब तक राष्ट्रीय स्वयंसेवक संघ का अनुषंगी संगठन है। विद्यार्थी परिषद् के कई नेता भाजपा में भेजे गए और आज वे पार्टी या केंद्रीय सरकार में महत्त्वपूर्ण पद भी सँभाल रहे हैं।

फिर भी, विद्यार्थी परिषद् राष्ट्रीय स्वयंसेवक संघ की छात्र इकाई

है। दरअसल, संघ के स्वयंसेवक जब राजनीतिक क्षेत्र में भारतीय जनसंघ के रूप में काम करते थे, तो सन् 1978 में इसकी छात्र इकाई 'जनता विद्यार्थी मोर्चा' का गठन हुआ था; लेकिन जल्द ही 1980 में उसका विघटन कर दिया गया।

वस्तुतः बी.जे.एस. (पूर्वकालिक भारतीय जनसंघ) ने 1978 में 'जनता विद्यार्थी मोर्चा' के नाम से छात्र विंग की स्थापना की, लेकिन 1980 में इस विंग का विघटन हो गया। जब अखिल भारतीय विद्यार्थी परिषद् (ए.बी.वी.पी.) ने गाँवों में जाकर कार्य करने का निर्णय लिया था, उसके बाद जे.वी.एम. की स्थापना की थी। नीतिगत विषय के रूप में यह निर्णय लिया गया कि यह छात्र संगठन छात्रों के संगठन के रूप में चुनाव नहीं लड़ेगा। वर्ष 1980 में ए.बी.वी.पी. ने अपना रुख बदल लिया तथा पुनः चुनाव लड़ने का फैसला लिया गया। इस समय जनता पार्टी भंग हो चुकी थी तथा भारतीय जनता पार्टी का उदय हो चुका था।

अतः जे.वी.एम. को भी भंग कर दिया गया और तभी से ए.बी.वी.पी. छात्र संबंधी कार्यकलापों का अग्रणी संगठन या मोर्चा रहा है।

अभी भाजपा भले ही विद्यार्थी परिषद् का समर्थन करती हो, लेकिन यह संघ का ही छात्र संगठन है, न कि बी.जे.पी. का।

इन दोनों के बीच रिश्ते को लेकर भ्रम का कारण यह है कि कांग्रेस की तरह अन्य प्रमुख राजनीतिक दलों के जो छात्र संगठन हैं, वे उनसे सीधे जुड़े हुए हैं; लेकिन विद्यार्थी परिषद् के साथ ऐसा नहीं है। वह भाजपा की छात्र इकाई नहीं। भाजपा संघ की वैचारिक अभिव्यक्ति है और इसे विद्यार्थी परिषद् की ही तरह संघ का एक अनुषंगी संगठन कहा जा सकता है। (वैसे भाजपा और संघ के बीच एक ऐसा जटिल संबंध है, जो समय के साथ बिल्कुल अलग तरह से विकसित हुआ है। लेखक की दूसरी पुस्तक 'राष्ट्रीय स्वयंसेवक संघ और भाजपा' में इस विषय पर विस्तार से प्रकाश डाला गया है।)

इन दोनों के बीच रिश्ते को लेकर भ्रम का कारण यह है कि कांग्रेस की तरह अन्य प्रमुख राजनीतिक दलों के जो छात्र संगठन हैं, वे उनसे सीधे जुड़े हुए हैं; लेकिन विद्यार्थी परिषद् के साथ ऐसा नहीं है। वह भाजपा की छात्र इकाई नहीं। भाजपा संघ की वैचारिक अभिव्यक्ति है और इसे विद्यार्थी परिषद् की ही तरह संघ का एक अनुषंगी संगठन कहा जा सकता है।

अपनी स्थापना के प्रारंभिक दो दशकों तक संघ ने एकल संगठन के रूप में काम किया। उस समय पूरा जोर इस बात पर था कि किस तरह देश के कोने-कोने तक स्वयंसेवकों के दैनिक एकत्रीकरण वाली शाखाएँ फैलाई जाएँ और संगठन की जड़ें मजबूत की जाएँ। शाखा आज भी संघ

परिवार की जीवन-रेखा है। अगले अध्याय में शाखा की अवधारणा पर विस्तार से चर्चा की गई है।

संघ परिवार को 'राष्ट्रीय स्वयंसेवक संघ परिवार' में बदला जा सकता है। इसमें राष्ट्रीय स्वयंसेवक संघ तथा विभिन्न अग्रणी तथा प्रमुख संगठन शामिल हैं, जो विविध क्षेत्रों में सक्रिय हैं, जैसे—शिक्षा, शहरी स्लम क्षेत्र, आदिवासी श्रम, किसान, अध्यापक, छात्र, कला एवं संस्कृति आदि। राष्ट्रीय स्वयंसेवक संघ के अग्रणी संगठनों में निम्नलिखित शामिल हैं—राष्ट्रीय सेविका समिति, वनवासी कल्याण आश्रम, सेवा भारती, अखिल भारतीय विद्यार्थी परिषद्, भारतीय मजदूर संघ, भारतीय किसान संघ, विद्या भारती, विश्व हिंदू परिषद्, प्रज्ञा भारत, आदि। वस्तुतः आज उपभोक्ता अधिकारों से लेकर अंतरराष्ट्रीय संबंधों तक ऐसा कोई क्षेत्र नहीं है, जहाँ राष्ट्रीय स्वयंसेवक संघ का कोई अग्रणी संगठन कार्य न करता हो।

संघ परिवार को 'राष्ट्रीय स्वयंसेवक संघ परिवार' में बदला जा सकता है। इसमें राष्ट्रीय स्वयंसेवक संघ तथा विभिन्न अग्रणी तथा प्रमुख संगठन शामिल हैं, जो विविध क्षेत्रों में सक्रिय हैं, जैसे—शिक्षा, शहरी स्लम क्षेत्र, आदिवासी श्रम, किसान, अध्यापक, छात्र, कला एवं संस्कृति आदि।

संघ परिवार के संदर्भ में जब 'अग्रणी संगठन' शब्द का प्रयोग किया जाता है, तब इसे शुद्ध शाब्दिक अर्थ में नहीं लिया जाना चाहिए। यह शब्द सिर्फ यह आशय प्रकट करता है कि अमुक संगठन राष्ट्रीय स्वयंसेवक संघ से वैचारिक और कामकाजी रिश्ता रखता है। इस रिश्ते पर इन संगठनों की स्थापना के उद्‌देश्य और तार्किकता के संदर्भ में आगे विचार किया जा सकता है।

तकनीकी तौर पर संघ के सभी प्रमुख संगठन स्वायत्त संगठन हैं। उन सबका अपना ऐसा अलग संगठनात्मक ढाँचा है, जो संघ के संगठनात्मक ढाँचे का प्रतिरूप नहीं है। संघ के पूर्णकालिक कार्यकर्ताओं (प्रचारकों) को इन संगठनों के विभिन्न स्तरों पर काम करने के लिए प्रतिनियुक्त किया जाता है।

संघ परिवार के निरंतर विस्तार के बावजूद दैनिक लगनेवाली शाखाएँ अब भी इसकी सर्वाधिक महत्त्वपूर्ण इकाइयाँ हैं। शाखा इतनी महत्त्वपूर्ण क्यों है? यह कैसे काम करती है? सबकुछ शाखा में कैसे होता है और शाखा स्वयंसेवकों को शारीरिक, मानसिक, आध्यात्मिक और वैचारिक प्रशिक्षण कैसे देती है? इन प्रश्नों का उत्तर देने का प्रयास अगले अध्याय में होगा। संघ परिवार में शाखा सबसे छोटी, फिर भी सबसे ज्यादा महत्त्व की इकाई है; क्योंकि अब भी शाखा ही इस विराट् वैचारिक संगठन में प्रारंभिक प्रवेश-द्वार मानी जाती है। देश भर में प्रतिदिन हजारों लोग शाखा में आकर नए स्वयंसेवक बनते हैं।

शाखा में शामिल होनेवाले नए स्वयंसेवक जब संघ में कुछ वर्ष काम कर लेते हैं, तब उनकी योग्यता, क्षमता, रुचि, कौशल आदि को ध्यान में रखकर उन्हें अन्य प्रमुख संगठनों में प्रतिनियुक्त किया जाता है। इस तरह संघ सभी प्रमुख संगठनों के कार्य-संचालन में अपनी महत्त्वपूर्ण

भूमिका का निर्वाह बड़े प्रभावी ढंग से करता है। आधारभूत नियम स्पष्ट रहता है कि दैनिक कामकाज के मामले में सभी प्रमुख संगठन स्वायत्त होते हैं, लेकिन महत्त्वपूर्ण नीतिगत मामलों में संघ का मार्गदर्शन लिया जाता है। इस प्रकार की रचना से संघ यह सुनिश्चित करता है कि सभी संगठनों के बीच व्यापक स्तर पर तारतम्य बना हुआ है।

संघ की संगठनात्मक संरचना

संगठनात्मक पिरामिड के आधार में शाखा होती है। 3 से 10 शाखाओं को मिलाकर एक मंडल बनता है। आम तौर पर 5 से 10 मंडलों को मिलाकर संघ की नगर इकाई बनती है। 5 से 10 नगर इकाइयों को मिलाकर जिला इकाई कहा जाता है, यानी संघ की जिला इकाई में कम-से-कम 75 और अधिकतम 100 शाखाएँ हो सकती हैं।

संगठनात्मक पिरामिड के आधार में शाखा होती है। 3 से 10 शाखाओं को मिलाकर एक मंडल बनता है। आम तौर पर 5 से 10 मंडलों को मिलाकर संघ की नगर इकाई बनती है। 5 से 10 नगर इकाइयों को मिलाकर जिला इकाई कहा जाता है, यानी संघ की जिला इकाई में कम-से-कम 75 और अधिकतम 100 शाखाएँ हो सकती हैं।

कुछ जिलों को मिलाकर विभाग बनता है। 5 से 15 विभाग जोड़कर संभाग बनता है। कई संभागों को मिलाकर एक प्रांत बनता है।

संघ की इस संगठनात्मक संरचना को भौगोलिक दृष्टि से समझने के लिए कह सकते हैं कि मंडल से तात्पर्य कुछ मोहल्लों, कॉलोनियों और बस्तियों में लगनेवाली शाखा से होता है। किसी एक प्रखंड, तहसील या नगर में लगनेवाली शाखाओं को मिलाकर संघ की 'नगर इकाई'

बनती है। जैसा कि नाम से ही स्पष्ट है, 'जिला इकाई' में आम तौर पर जिले भर की शाखाएँ आती हैं और संभाग में प्रमंडल (कमिश्नरी) भर की शाखाएँ। प्रांत का अर्थ प्रदेश से है, लेकिन अकसर संघ की संरचना देश के मान्य प्रशासनिक मानचित्र से भिन्न है। जैसे प्रशासनिक दृष्टि से बिहार एक प्रदेश है, लेकिन संघ ने अपने कामकाज के हिसाब से प्रदेश को दो प्रांतों में बाँट रखा है।

प्रत्येक क्षेत्र का अध्यक्ष 'क्षेत्र संघचालक' तथा 'क्षेत्र कार्यवाह' होता है। परवर्ती अधिकारी सभी व्यावहारिक प्रयोजनों से अपने क्षेत्र का वास्तविक अध्यक्ष होता है। 'क्षेत्र संघचालक' विधित: मुखिया या प्रधान होता है।

महत्त्वपूर्ण तथ्य यह है कि राष्ट्रीय स्वयंसेवक संघ की संगठनात्मक रचना सरकार द्वारा सीमांकित राज्यों, जिलों, नगरों की भौगोलिक सीमा का अनुसरण नहीं करती। अपने संगठन संबंधी प्रयोजनों के लिए कभी-कभी राष्ट्रीय स्वयंसेवक संघ बड़े राज्यों को दो या अधिक प्रांतों में बाँट सकती है।

महत्त्वपूर्ण तथ्य यह है कि राष्ट्रीय स्वयंसेवक संघ की संगठनात्मक रचना सरकार द्वारा सीमांकित राज्यों, जिलों, नगरों की भौगोलिक सीमा का अनुसरण नहीं करती। अपने संगठन संबंधी प्रयोजनों के लिए कभी-कभी राष्ट्रीय स्वयंसेवक संघ बड़े राज्यों को दो या अधिक प्रांतों में बाँट सकती है।

आम धारणा के विपरीत, राष्ट्रीय स्वयंसेवक संघ संगठन संबंधी रचना काफी लचीली है। संगठन की जरूरतों के मुताबिक प्रांत या क्षेत्र अथवा मंडल या नगर के क्षेत्र को कई बार बदला गया है। देश में अनेक नए राज्यों के अभ्युदय से राष्ट्रीय स्वयंसेवक संघ भी संगठनात्मक रचना

में परिवर्तन करता रहा है, ताकि संगठन की कार्यप्रणाली सुचारू ढंग से सुनिश्चित हो सके।

राष्ट्रीय स्वयंसेवक संघ के संगठनात्मक ढाँचे में क्षेत्रवार वर्गीकरण की पुनः संरचना की संभावना है।

देश में संघ के 11 क्षेत्र इस प्रकार हैं—

1. दक्षिण क्षेत्र—केरल, दक्षिण तमिलनाडु और उत्तर तमिलनाडु।
2. दक्षिण-मध्य—दक्षिण कर्नाटक, पश्चिम आंध्र प्रदेश, पूर्व आंध्र प्रदेश (यह व्यवस्था तेलंगाना राज्य के बनने से पहले की है।)
3. पश्चिम क्षेत्र—कोंकण, पश्चिम महाराष्ट्र, देवगिरि, विदर्भ और गुजरात।
4. मध्य क्षेत्र—मालवा, मध्य भारत, महाकौशल, छत्तीसगढ़।
5. उत्तर-पश्चिम क्षेत्र—चित्तौड़, जयपुर, जोधपुर।
6. उत्तर क्षेत्र—दिल्ली, हरियाणा, पंजाब, जम्मू व कश्मीर, हिमाचल प्रदेश।
7. पश्चिमी उत्तर प्रदेश—उत्तराखंड, मेरठ और ब्रज (संघ की दृष्टि से इस क्षेत्र में 3 प्रांत हैं)।

हमें भारत के उत्तर प्रदेश के पश्चिमी भाग की भौगोलिक सीमाओं से भ्रमित नहीं होना चाहिए। राष्ट्रीय स्वयंसेवक संघ की दृष्टि से पश्चिमी उत्तर प्रदेश अलग क्षेत्र है तथा इसमें उत्तराखंड, मेरठ और ब्रज आते हैं।

राष्ट्रीय स्वयंसेवक संघ के नजरिए से शक्ति एवं प्रभाव की दृष्टि से यह सर्वाधिक महत्त्वपूर्ण क्षेत्र है। इसमें निम्नलिखित 'प्रांत' सम्मिलित हैं—

8. पूर्वी उत्तर प्रदेश—काशी, गोरक्ष (गोरखपुर), अवध और कानपुर।

9. उत्तर-पूर्व—उत्तर बिहार, दक्षिण बिहार, झारखंड।

10. पूर्व क्षेत्र—उत्कल (ओडिशा), दक्षिण बंगाल, उत्तर बंगाल।

11. असम—उत्तर असम, अरुणाचल प्रदेश, दक्षिण असम एवं मणिपुर।

जैसा कि पहले कहा गया है, देश भर में अपने काम को संघ ने इन्हीं ग्यारह क्षेत्रों में बाँटा हुआ है। इसके अधिकतर प्रमुख संगठन भी इसी भौगोलिक पहचान के दायरे में अपना-अपना कार्य करते हैं।

प्रत्येक क्षेत्र में अनेक प्रांत आते हैं। प्रत्येक प्रांत का प्रधान राष्ट्रीय स्वयंसेवक संघ के व्यवस्था क्रम के अनुसार होता है—प्रांत कार्यवाह तथा प्रांत संघचालक। प्रांत कार्यवाह प्रांत का वास्तविक (defecto) प्रधान होता है तथा प्रांत संघचालक विधितः (dejure) प्रधान होता है। प्रांत कार्यवाह युवा सदस्य होता है तथा अनेक कार्यकलाप सँभालता है। प्रांत संघचालक संरक्षक होता है, लेकिन अधिकांश कार्यों एवं योजनाओं में केंद्रीय भूमिका निभाता है।

प्रत्येक क्षेत्र में अनेक प्रांत आते हैं। प्रत्येक प्रांत का प्रधान राष्ट्रीय स्वयंसेवक संघ के व्यवस्था क्रम के अनुसार होता है—प्रांत कार्यवाह तथा प्रांत संघचालक। प्रांत कार्यवाह प्रांत का वास्तविक (defecto) प्रधान होता है तथा प्रांत संघचालक विधितः (dejure) प्रधान होता है।

राष्ट्रीय स्वयंसेवक संघ के सभी महत्त्वपूर्ण निर्णय जिन दो शीर्षस्थ समितियों में लिये जाते हैं, उनमें से एक को 'अखिल भारतीय कार्यकारिणी' और दूसरी को 'अखिल भारतीय प्रतिनिधि सभा' (राष्ट्रीय प्रतिनिधि परिषद् All India Representative Council) कहा जाता

है। इनमें प्रतिनिधि सभा का स्थान सबसे ऊपर है। इसकी बैठक साल में एक बार होती है। तीन या चार दिनों तक चलनेवाली प्रतिनिधि सभा की बैठक में संघ के प्रांत स्तर और इससे ऊपर के पदाधिकारी तो उपस्थित रहते ही हैं, अनुषंगी संगठनों के प्रतिनिधि भी शामिल होते हैं। प्रतिनिधि सभा में संगठन की ताजा स्थिति और चुनौतियों पर विचार किया जाता है। यह संघ के लिए बहुत महत्त्वपूर्ण अवसर होता है, क्योंकि आगे का रास्ता यहीं से तय होता है। आनेवाले वर्ष में संघ कार्य के लिए शीर्ष नेतृत्व का दिशा-निर्देश और संदेश लेकर प्रतिनिधि सभा के सदस्य अपने-अपने कार्यक्षेत्र में लौटते हैं। सभी पदाधिकारी नेतृत्व के संदेश को संगठन में नीचे शाखा स्तर तक पहुँचाने का प्रयास करते हैं।

प्रतिनिधि सभा में संगठन की ताजा स्थिति और चुनौतियों पर विचार किया जाता है। यह संघ के लिए बहुत महत्त्वपूर्ण अवसर होता है, क्योंकि आगे का रास्ता यहीं से तय होता है। आनेवाले वर्ष में संघ कार्य के लिए शीर्ष नेतृत्व का दिशा-निर्देश और संदेश लेकर प्रतिनिधि सभा के सदस्य अपने-अपने कार्यक्षेत्र में लौटते हैं। सभी पदाधिकारी नेतृत्व के संदेश को संगठन में नीचे शाखा स्तर तक पहुँचाने का प्रयास करते हैं।

अखिल भारतीय कार्यकारिणी में संघ प्रमुख, महासचिव, संयुक्त महासचिव और विभिन्न विभागों के प्रमुख एवं उप-प्रमुख होते हैं। जैसे—शारीरिक, प्रचार, संपर्क, सेवा एवं व्यवस्था।

अखिल भारतीय कार्यकारिणी के वर्तमान पदेन सदस्य इस प्रकार हैं—

1. सरसंघचालक (संघ प्रमुख)।

2. सरकार्यवाह (महासचिव)।
3. सह-सरकार्यवाह (संयुक्त महासचिव)।
4. अखिल भारतीय शारीरिक प्रमुख (शारीरिक अभ्यास के राष्ट्रीय प्रभारी)।
5. अखिल भारतीय सह-शारीरिक प्रमुख (शारीरिक अभ्यास के राष्ट्रीय उप-प्रभारी)।
6. अखिल भारतीय बौद्धिक प्रमुख (बौद्धिक कार्यकलापों के अखिल भारतीय प्रभारी)।
7. अखिल भारतीय सह-बौद्धिक प्रमुख (बौद्धिक कार्यकलापों के अखिल भारतीय उप-प्रभारी)।
8. अखिल भारतीय व्यवस्था प्रमुख (व्यवस्था संबंधी कार्य के अखिल भारतीय प्रभारी)।
9. अखिल भारतीय सह-व्यवस्था प्रमुख (व्यवस्था संबंधी कार्य के अखिल भारतीय उप-प्रभारी)।
10. अखिल भारतीय सेवा प्रमुख (सामाजिक सेवाओं के अखिल भारतीय प्रभारी)।

11. अखिल भारतीय सह-सेवा प्रमुख (सामाजिक सेवाओं के अखिल भारतीय उप-प्रभारी)।

12. अखिल भारतीय संपर्क प्रमुख (जनसंपर्क के अखिल भारतीय प्रभारी)।

13. अखिल भारतीय सह-संपर्क प्रमुख (जनसंपर्क के अखिल भारतीय उप-प्रभारी)।

14. अखिल भारतीय प्रचार प्रमुख (मीडिया के अखिल भारतीय प्रभारी)।

15. अखिल भारतीय सह-प्रचार प्रमुख (मीडिया के अखिल भारतीय सह-प्रभारी)।

16. अखिल भारतीय प्रचारक प्रमुख पूर्णकालिक अखिल भारतीय राष्ट्रीय स्वयंसेवक संघ कार्यकर्ताओं के प्रभारी। पूरे समय काम करनेवाले स्वयंसेवक प्रचारक कहलाते हैं। पुस्तक में आगे इनकी भूमिका की चर्चा विस्तार से की गई है।

17. अखिल भारतीय सह-प्रचारक प्रमुख (राष्ट्रीय स्वयंसेवक संघ के पूर्णकालिक कार्यकर्ताओं के अखिल भारतीय उप-प्रभारी)। इन पदेन सदस्यों के अलावा संघ के आधिकारिक दस्तावेज के अनुसार मार्च, 2014 में मदन दास, मधुभाई कुलकर्णी, शंकरलाल, मुकुंदराव पंशीकर, सीताराम केडीले, इंद्रेश कुमार और एस. सेतुमाधवन भी अखिल भारतीय कार्यकारिणी के सदस्य थे। उस समय विशेष आमंत्रित सदस्य थे—एन. कृष्णप्पा, श्रीकृष्ण मोथैया, सुनीलपाद गोस्वामी और अशोक बेरी। आम

तौर पर सभी क्षेत्र प्रचारक भी कार्यकारिणी के आमंत्रित सदस्य होते हैं।

ऊपर वर्णित 11 प्रांतों/क्षेत्रों में से प्रत्येक का पूर्णकालिक वरिष्ठ राष्ट्रीय स्वयंसेवक संघ कार्यकर्ता होता है। वह क्षेत्रीय प्रचारक कहलाता है। उसे केंद्रीय कार्यकारी परिषद् की बैठकों में भी बुलाया जाता है।

□

संघ की शाखा

हिंदी और संस्कृत में शाखा का अर्थ है—पेड़ की डाली (अंग्रेजी में ब्रांच)। राष्ट्रीय स्वयंसेवक संघ के संस्थापक डॉ. हेडगेवार ने जिस विशाल संगठन की कल्पना की थी, उस बड़े वृक्ष की रचना में शाखाएँ महत्त्वपूर्ण मानी गईं। संघ में शाखा से तात्पर्य किसी खुले मैदान में प्रतिदिन सुबह या शाम को आयोजित होनेवाले घंटे भर के नियमित शारीरिक-बौद्धिक कार्यक्रम से होता है। शाखा के प्रारंभ और समाप्त होने का समय बिल्कुल निश्चित होता है। सायंकालीन शाखा युवाओं और विद्यार्थियों के लिए होती है, जबकि प्रभात शाखा आमतौर पर उन उम्रदराज और कामकाजी लोगों के लिए होती है, जो शाम को समय नहीं निकाल सकते।

शाखा के बारे में संघ की अधिकृत धारणा इस प्रकार है—एक निश्चित समय पर खुले मैदान में भगवा ध्वज फहराया जाता है। वहाँ एकत्र बच्चे और युवा आमतौर पर बिना किसी खेल उपकरणवाले स्वदेशी खेल खेलते हुए व्यायाम करते हैं। घंटे भर की शाखा के दौरान वे सब मिलकर तरह-तरह के खेल, सूर्य नमस्कार (योगासन) और दंड (लाठी) चलाने के अभ्यास आदि से शारीरिक चुस्ती-फुरती बनाए रखने का नियमित कार्यक्रम करते हैं। ये सारी गतिविधियाँ पूरी तरह अनुशासित होती हैं। इनमें भाग लेनेवाला हर व्यक्ति स्वयंसेवक कहलाता है। ये स्वयंसेवक संस्कृत में दिए गए हर निर्देश (कमांड) का पालन करते हैं। शारीरिक अभ्यास और मनोरंजन के बाद शाखा

में एकत्र स्वयंसेवक सामूहिक रूप से देशभक्ति के गीत गाते हैं। समसामयिक घटनाओं या देश के गौरवशाली इतिहास के किसी प्रसंग पर चर्चा की जाती है। इस तरह शाखा में प्रतिदिन शारीरिक और बौद्धिक अभ्यास-प्रशिक्षण चलता रहता है। शाखा समाप्त होती है भगवा ध्वज के समक्ष पंक्तिबद्ध खड़े होकर की जानेवाली संस्कृत में लिखी इस प्रार्थना के साथ—नमस्ते सदा वत्सले मातृभूमे...। वस्तुत: यह प्रार्थना मातृभूमि भारत को प्रणाम निवेदित करती है और इसे वैभवशाली-गौरवशाली राष्ट्र बनाने के लिए अपना सबकुछ न्योछावर करने के स्वयंसेवकों के संकल्प को भावपूर्ण ढंग से अभिव्यक्त करती है। प्रार्थना के अंत में सभी स्वयंसेवक पूरे गले से बोलते हैं—भारत माता की जय!

संक्षेप में यह राष्ट्रीय स्वयंसेवक संघ की शाखा कहलाती है और उसमें भाग लेनेवाले 'संघ स्वयंसेवक' कहलाते हैं।

संघ की मान्यता है कि शाखा लोगों को देशभक्त बनाने का सबसे कारगर और समयसिद्ध उपकरण है। संघ का यह तरीका बिल्कुल सरल और पारदर्शी है। नियमित घंटे भर के लिए एक साथ होना, खेलना, व्यायाम करना और विचारों का आदान-प्रदान करना ही संघ की संगठन शक्ति का मूल मंत्र है। इसमें हर स्वयंसेवक से व्यक्तिगत संपर्क बनाने पर बल दिया जाता है। इस आत्मनिष्ठ पद्धति से संघ सदैव आगे बढ़ता रहा है और सफल रहा है।

संघ की मान्यता है कि शाखा लोगों को देशभक्त बनाने का सबसे कारगर और समयसिद्ध उपकरण है। संघ का यह तरीका बिल्कुल सरल और पारदर्शी है। नियमित घंटे भर के लिए एक साथ होना, खेलना, व्यायाम करना और विचारों का आदान-प्रदान करना ही संघ की संगठन शक्ति का मूल मंत्र है।

दैनिक शाखा राष्ट्रीय स्वयंसेवक संघ का सबल आधार ही नहीं, स्वयंसेवक बनाने का कारखाना भी है। शाखा का स्वरूप जितना सरल है, इसकी अवधारणा उतनी ही विराट्। स्थापना के लगभग आठ दशक बाद भी लोग आश्चर्य करते हैं कि नियमित शाखा लगाने जैसे सामान्य कार्यक्रम से ऐसे आदर्शवादी देशभक्त कैसे पैदा किए जाते हैं, जो न केवल अपनी समस्त ऊर्जा और प्रतिभा मातृभूमि को समर्पित करने के इच्छुक होते हैं, बल्कि आवश्यकता पड़ने पर देश-हित की रक्षा के लिए अपने जीवन का बलिदान करने को भी प्रस्तुत रहते हैं। यह संघ के संस्थापक डॉ. हेडगेवार की अप्रतिम दृष्टि, संगठनात्मक कौशल और दूरदर्शिता का परिचायक है।

शाखा के प्रारंभ में स्वयंसेवक भगवा ध्वज को प्रणाम करते हैं।

सावधान की मुद्रा में ध्वज के समक्ष सीधे खड़े होकर दाहिनी हथेली को क्षैतिज मोड़कर हृदय-स्थल पर रखना और हलके से सिर झुकाना 'ध्वज प्रणाम' कहलाता है। शाखा का समापन भी इसी मुद्रा में खड़े होकर प्रार्थना और ध्वज प्रणाम से होता है। शाखा के प्रारंभ में प्रतिदिन भगवा ध्वज को एक दंड के सहारे फहराया जाता है और अंत में प्रार्थना-प्रणाम के बाद आदर के साथ इसे उतार लिया जाता है। ध्वज को सफाई से मोड़कर इसे एक वरिष्ठ स्वयंसेवक को सौंप दिया जाता है। अगले दिन शाखा के नियत समय पर ध्वज लेकर आने का दायित्व उसी स्वयंसेवक पर होता है।

संघ में प्रवेश की प्रक्रिया बिल्कुल अनौपचारिक होती है। जो भी व्यक्ति शाखा में आकर ध्वज-प्रणाम करता है, वह स्वयंसेवक बन जाता है। इसके लिए न कोई आवेदन-पत्र भरवाया जाता है और न कोई जाँच-पड़ताल की जाती है।

संघ में प्रवेश की प्रक्रिया बिल्कुल अनौपचारिक होती है। जो भी व्यक्ति शाखा में आकर ध्वज-प्रणाम करता है, वह स्वयंसेवक बन जाता है। इसके लिए न कोई आवेदन-पत्र भरवाया जाता है और न कोई जाँच-पड़ताल की जाती है। हर शाखा के प्रमुख को 'शाखा कार्यवाह' कहा जाता है। इसके बाद 'मुख्य शिक्षक' और 'गण शिक्षक' का स्थान होता है।

कार्य की दृष्टि से एक शाखा को कई वर्गों में बाँटा जाता है। प्रत्येक वर्ग 'गट' कहलाता है। जिस वरिष्ठ स्वयंसेवक को गट की जिम्मेदारी दी जाती है, उसे 'गटनायक' कहा जाता है।

संघ की स्थापना के दशकों बाद भी इस संगठन में दैनिक शाखा के सुचारु संचालन, अच्छी उपस्थिति और शाखाओं के निरंतर विस्तार

पर सबसे ज्यादा जोर दिया जाता है। शाखा में कोई छुट्‌टी का दिन नहीं होता; लेकिन स्वयंसेवक अपनी व्यस्तता या स्वास्थ्य की दृष्टि से कभी-कभी अनुपस्थित हो जाते हैं।

यह भी इस संगठन की अनूठी कार्य-प्रणाली का हिस्सा है कि जब कोई स्वयंसेवक कई दिनों तक शाखा नहीं आता है, तब मुख्य शिक्षक और कार्यवाह स्वयं या अन्य स्वयंसेवकों के माध्यम से उसका कुशलक्षेम जानने का प्रयास करते हैं, ताकि यदि किसी सहायता की आवश्यकता हो तो संघ परिवार उचित पहल कर सके।

प्रतिदिन की शाखा के महत्त्व पर जोर देते हुए संघ के अधिकारियों का कहना है कि हर व्यक्ति को अपनी दैनिक दिनचर्या में से एक घंटे का समय समाज-सेवा के लिए अवश्य देना चाहिए। शाखा में समय देना सामाजिक कार्य माना जाता है। शाखा जाना हर स्वयंसेवक की दिनचर्या का स्वाभाविक हिस्सा बन जाता है, जिससे इस संगठन के साथ उसके संबंध निरंतर सुदृढ होते हैं।

प्रतिदिन की शाखा के महत्त्व पर जोर देते हुए संघ के अधिकारियों का कहना है कि हर व्यक्ति को अपनी दैनिक दिनचर्या में से एक घंटे का समय समाज-सेवा के लिए अवश्य देना चाहिए। शाखा में समय देना सामाजिक कार्य माना जाता है। शाखा जाना हर स्वयंसेवक की दिनचर्या का स्वाभाविक हिस्सा बन जाता है, जिससे इस संगठन के साथ उसके संबंध निरंतर सुदृढ होते हैं।

देश, काल और परिस्थिति के अनुसार दैनिक शाखा के अलावा इसके कुछ नए रूप भी प्रारंभ हुए। विभिन्न देशों में जाकर वहाँ बसनेवाले स्वयंसेवकों ने अगर साप्ताहिक शाखाएँ प्रारंभ कीं तो सूचना क्रांति (आई.

टी.) से प्रभावित युवाओं के लिए आई.टी. शाखा का प्रयोग शुरू हुआ। आभासी आई.टी. शाखा का उद्देश्य भी एक नियमित अंतराल में उन लोगों से संपर्क करना है, जो हिंदू समाज की एकता और भारतीय संस्कृति की रक्षा के लिए प्रतिबद्ध रहना चाहते हैं। ये शाखाएँ प्राय: साप्ताहिक होती हैं, जिनका ऑन-लाइन संचालन एक या दो संपर्क-कर्ताओं (को-ऑर्डिनेटर्स) के माध्यम से होता है। जब से आई.टी. शाखाएँ शुरू हुई हैं, तब से इनका विस्तार बहुत तेजी से हुआ है।

> *परंपरागत दैनिक शाखाएँ समय और सामाजिक वर्ग की दृष्टि से दो प्रकार की होती हैं : सुबह लगनेवाली प्रभात शाखा में आम तौर पर वयस्क, कामकाजी और बुजुर्ग लोग आते हैं; जबकि सायं शाखा में स्कूल-कॉलेज के विद्यार्थियों की प्रधानता रहती है।*

परंपरागत दैनिक शाखाएँ समय और सामाजिक वर्ग की दृष्टि से दो प्रकार की होती हैं : सुबह लगनेवाली प्रभात शाखा में आम तौर पर वयस्क, कामकाजी और बुजुर्ग लोग आते हैं; जबकि सायं शाखा में स्कूल-कॉलेज के विद्यार्थियों की प्रधानता रहती है।

संघ ने अवस्था के अनुसार स्वयंसेवकों का वर्गीकरण इस प्रकार किया है—1. शिशु (5 वर्ष तक), 2. बाल (6 से 12 वर्ष), 3. तरुण (13 से 18 वर्ष), 4. प्रौढ़ (50 साल से ऊपर)।

'संघ की कहानी' नामक पुस्तक में शाखा की अवधारणा को प्रेरित करनेवाले दर्शन की विस्तार से चर्चा की गई है। इस पुस्तक के लेखक ने अपना वास्तविक नाम उजागर नहीं किया है। एक स्वयंसेवक की इस पुस्तक में बताया गया है कि शाखा के दौरान और उसके बाद स्वयंसेवक अतिशय मैत्रीपूर्ण तथा पारिवारिक वातावरण में मिल-जुलकर काम

करते हैं। वे दूसरे स्वयंसेवकों के परिवार के सभी स्त्री-पुरुष सदस्यों से भी सौहार्दपूर्ण संबंध बनाने का प्रयास करते हैं। फलस्वरूप, संघ का स्वयंसेवक बननेवाले नए व्यक्ति और उसके पारिवारिक सदस्यों को अचानक अनेक स्वयंसेवकों से जो सम्मान तथा आत्मीयता मिलती है, उससे इस संगठन के प्रति उसका लगाव निरंतर गहरा होने लगता है। इस वातावरण में किसी भी स्वयंसेवक को सामाजिक कार्य कभी बोझ मालूम नहीं पड़ता। शाखा तथा सामाजिक कार्यों के प्रति पुराने स्वयंसेवकों के समर्पण को धीरे-धीरे, लेकिन लगातार देखते हुए नए स्वयंसेवकों को भी अधिक-से-अधिक समय देने की प्रेरणा मिलती है। इसके साथ ही संघ के पदाधिकारी हर नए स्वयंसेवक की रुचि, योग्यता और क्षमता को ध्यान में रखकर उसे छोटे-छोटे दायित्व सौंपने लगते हैं। इसके लिए उन्हें आवश्यकतानुसार प्रशिक्षण भी दिया जाता है। इस तरह प्रशिक्षित स्वयंसेवकों की पीढ़ियाँ निरंतर तैयार होती रहती हैं। इनमें से कुछ अधिक क्षमतावान स्वयंसेवकों को संघ कार्य के लिए पूरा समय देने के लिए चुना जाता है। इन्हें पूर्णकालिक कार्यकर्ता या प्रचारक कहा जाता है। संघ का नेतृत्व यह निर्णय करता है कि किसी प्रचारक की योग्यता का सर्वश्रेष्ठ उपयोग देश के किस भाग में और किस रूप में किया जाना चाहिए।

शाखा तथा सामाजिक कार्यों के प्रति पुराने स्वयंसेवकों के समर्पण को धीरे-धीरे, लेकिन लगातार देखते हुए नए स्वयंसेवकों को भी अधिक-से-अधिक समय देने की प्रेरणा मिलती है। इसके साथ ही संघ के पदाधिकारी हर नए स्वयंसेवक की रुचि, योग्यता और क्षमता को ध्यान में रखकर उसे छोटे-छोटे दायित्व सौंपने लगते हैं।

दैनिक शाखा में हर कार्यक्रम के लिए समय पहले से निर्धारित रहता है। जिन तीन बातों पर विशेष ध्यान दिया जाता है, वे हैं—शारीरिक, मानसिक और आध्यात्मिक शक्ति का संचय। दैनिक शाखा का समयबद्ध कार्यक्रम इस प्रकार होता है—

- शाखा लगने के साथ हलके व्यायाम, जॉगिंग, धीमी दौड़। (5 मिनट)
- योग, सूर्य नमस्कार और स्वदेशी खेल। (40 मिनट)
- संघ के वरिष्ठ अधिकारियों, प्रचारकों के लिखे सौ से अधिक लोकप्रिय देशभक्ति गीतों में से एक-दो का गायन, संस्कृत के नीति श्लोक या अमृत वचन का पाठ, देशभक्ति गीत के बाद सप्ताह में दो-तीन दिन किसी समसामयिक या ऐतिहासिक विषय पर सांस्कृतिक राष्ट्रवाद की विचारधारा के आलोक में बौद्धिक विमर्श। इन कार्यक्रमों में लचीलापन रहता है। सप्ताह में किस दिन कौन सा कार्यक्रम पहले होगा, इसका निर्धारण शाखा कार्यवाह करता है। (10 मिनट)
- शाखा समापन और प्रार्थना। (5 मिनट)

खेल भी दैनिक शाखा का महत्त्वपूर्ण पक्ष हैं। खेलों के माध्यम से

देशभक्ति की भावना जगाने का प्रयास किया जाता है। कबड्डी और खो-खो बिना किसी उपकरण के खेले जानेवाले पारंपरिक स्वदेशी खेल हैं। शाखा में हर दूसरे दिन ये खेल बड़े उत्साह के साथ खेले जाते हैं। जब कभी कई शाखाओं का सामूहिक कार्यक्रम होता है, तब कबड्डी प्रतियोगिता को लेकर बड़ा रोमांच रहता है; लेकिन जीतनेवाली टीम को कोई पुरस्कार नहीं दिया जाता। खेलों को खेल-भावना से लिया जाता है। इन्हें शारीरिक चुस्ती और आपसी बंधुत्व के भाव जगाने का माध्यम माना जाता है। सरकार के खेल विभागों में जब कबड्डी और खो-खो जैसे देशी खेलों की उपेक्षा होती रही, तब भी देश भर में संघ के हजारों बाल-तरुण स्वयंसेवकों ने प्रतिदिन कबड्डी और खो-खो खेलकर इन्हें जीवंत बनाए रखा।

> ***खेल भी दैनिक शाखा का महत्त्वपूर्ण पक्ष हैं। खेलों के माध्यम से देशभक्ति की भावना जगाने का प्रयास किया जाता है। कबड्डी और खो-खो बिना किसी उपकरण के खेले जानेवाले पारंपरिक स्वदेशी खेल हैं।***

संघ की शाखा में खेले जानेवाले लोकप्रिय खेलों का परिचय—

1. **मैं शिवाजी**—यह 'आउटडोर' खेल है। इसमें खिलाड़ियों की संख्या निश्चित नहीं होती। एक खिलाड़ी को 'शिवाजी' कहा जाता है। मुगलकालीन भारत में हिंदू राज्य की स्थापना करने में सफल महान् मराठा योद्धा और शासक छत्रपति शिवाजी की वीरता, कठिनाइयों से लड़ने का साहस और देशभक्ति आदि गुणों से प्रेरणा लेने के लिए संघ की शाखा में 'मैं शिवाजी' नामक खेल खेला जाता है। प्रारंभ में कोई एक स्वयंसेवक खुद को 'शिवाजी' घोषित करता हुआ भागता है और कोई

अन्य दौड़कर उसे पकड़ने के भाव से छूने का प्रयास करता है। शिवाजी पकड़ में न आ सकें, इसलिए इन दोनों के बीच से दौड़कर निकलते हुए जैसे ही कोई तीसरा स्वयंसेवक खुद को 'शिवाजी' घोषित करता है, पीछा करनेवाला पहले से घोषित शिवाजी को छोड़कर दूसरे शिवाजी को पकड़ने-छूने की कोशिश करने लगता है। इसी तरह हर स्वयंसेवक शिवाजी को बचाने के लिए 'मैं शिवाजी' की घोषणा करता रहता है। यह खेल साथी को बचाने के लिए उसकी विपत्ति अपने ऊपर लेने के साहस की प्रेरणा भी देता है।

2. **मित्र रक्षा**—इस खेल में दो को छोड़कर सभी स्वयंसेवक एक-दूसरे का हाथ पकड़कर गोल दायरा बनाते हैं। बाकी दो में से जिस एक को 'मित्र' घोषित किया जाता है, वह वृत्त के भीतर रहता है और बाहरवाला शत्रु कहलाता है। गोल दायरे में खड़े सभी स्वयंसेवकों की मित्र को बचाने की जिम्मेदारी होती है। वृत्त बनानेवाले स्वयंसेवक मजबूती से इस तरह एक-दूसरे का हाथ पकड़े रहते हैं कि शत्रु के भीतर आने पर उसे बाहर नहीं जाने दें। 'मित्र' स्वयंसेवक भीतर-बाहर मरजी से आ-जा सकता है। शत्रु की कोशिश होती है कि वह वृत्त को तोड़कर मित्र को छूने का प्रयास करे। इस खेल के जरिए मित्र की रक्षा के लिए एकजुटता की प्रेरणा दी जाती है। इससे स्वयंसेवकों के बीच मित्रता का भाव मजबूत होता है।

3. **दिल्ली हमारी**—जमीन पर छोटा गोल घेरा खींचकर एक स्वयंसेवक उसके बीच में खड़ा होता है और ऊँची आवाज में पूछता है—दिल्ली किसकी? वह अपने सवाल तीन बार दोहराता है और तीनों बार बाकी स्वयंसेवक एक स्वर में

जवाब देते हैं—दिल्ली हमारी। तीसरी घोषणा के बाद तो सभी स्वयंसेवक एक-दूसरे को हटाकर, गोल घेरे के बीच में मजबूती से पाँव जमाकर स्वयं खड़े होने की कोशिश करने लगते हैं। खेल के अंत में दायरे में 'खड़ा' व्यक्ति 'विजेता' होता है। देशभक्ति की भावना भरने वाले इस खेल में कभी-कभी दिल्ली की जगह कश्मीर या लाहौर का नाम लिया जाता है।

स्वयंसेवकों और पदाधिकारियों को शाखा के दैनिक कार्यकलापों की जानकारी देने के लिए प्रकाशित पुस्तिका 'शाखा सुरभि' में ऐसे लगभग 50 प्रेरणादायी खेलों का उल्लेख किया गया है। यह संघ के प्रमुख प्रकाशनों में से एक है।

सारे खेल संघ स्थान पर गण शिक्षक की देख-रेख में खेले जाते हैं। खेलते समय संघ के सभी पदाधिकारी एक समान माने जाते हैं। 'गण' और 'शिक्षक' शब्दों को जोड़कर बना है 'गण शिक्षक'। गण का अर्थ होता है—व्यक्तियों का समूह, इसलिए स्वयंसेवक-गण को प्रशिक्षण देनेवाले व्यक्ति को गण शिक्षक कहा जाता है। गण शिक्षक की अनुपस्थिति में कोई अन्य वरिष्ठ स्वयंसेवक उसके दायित्व का निर्वाह करता है। दैनिक शाखाओं में औसत उपस्थिति 10 से 50 के बीच रहती है।

शाखा में खेल या अन्य कार्यक्रमों के लिए सारे निर्देश संस्कृत में दिए जाते हैं। कभी-कभी सीटी का भी प्रयोग किया जाता है। वरिष्ठ पदाधिकारी दैनिक 'शाखा' में सबसे अधिक कार्यकलाप करने के लिए सीटी का भी इस्तेमाल करते हैं। विगत कई दशकों की अवधि में संघ का नेतृत्व दैनिक शाखा के क्रियाकलापों की विस्तृत रूपरेखा तैयार करने में सफल हुआ है।

शाखा में दंड (लाठी) लेकर या बिना शस्त्र के शत्रु का सामना करने का प्रशिक्षण भी दिया जाता है। इन प्राचीन युद्ध कलाओं को 'दंड-युद्ध' और 'नियुद्ध' के नाम से जाना जाता है। हालाँकि युद्धकला का अभ्यास शाखा के दैनिक कार्यक्रम का हिस्सा है, लेकिन इसके लिए ज्यादा समय नहीं दिया जाता।

शाखा में दंड (लाठी) लेकर या बिना शस्त्र के शत्रु का सामना करने का प्रशिक्षण भी दिया जाता है। इन प्राचीन युद्ध कलाओं को 'दंड-युद्ध' और 'नियुद्ध' के नाम से जाना जाता है। हालाँकि युद्धकला का अभ्यास शाखा के दैनिक कार्यक्रम का हिस्सा है, लेकिन इसके लिए ज्यादा समय नहीं दिया जाता।

संघ की शाखा भगवा ध्वज को विधिवत् फहराकर उसे प्रणाम करने के साथ प्रारंभ होती है और समापन ध्वज के समक्ष मातृभूमि की प्रार्थना के साथ होता है। ध्वज उतारने के लिए एक अत्यंत आदरपूर्ण प्रक्रिया का पालन किया जाता है। ध्वजारोहण और ध्वजावतरण के समय सभी स्वयंसेवक सावधान (दक्ष) की मुद्रा में ध्वज के समक्ष पंक्तिबद्ध होकर मौन खड़े रहते हैं। दोनों अवसर पर मुख्य शिक्षक के निर्देश पर सभी स्वयंसेवक दाहिने हाथ को विशिष्ट मुद्रा में सीने पर रखते हैं और सिर झुकाकर प्रणाम करते हैं।

संघ के सभी स्वयंसेवक विशिष्ट आकार के केसरिया झंडे (संस्कृत में भगवा ध्वज) को तप, त्याग और पवित्रता का प्रतीक मानते हैं। खुले मैदान या बंद सभागार में आयोजित संघ के अधिकतर कार्यक्रमों का श्रीगणेश और समापन भगवा ध्वज को प्रणाम करने के साथ ही होता है। यह प्रत्येक स्वयंसेवक के लिए सम्मान की बात है।

□

भगवा ध्वज

राष्ट्रीय स्वयंसेवक संघ के स्वयंसेवक किसी व्यक्ति या ग्रंथ की जगह भगवा ध्वज को अपना मार्गदर्शक और गुरु मानते हैं। जब डॉ. हेडगेवार ने राष्ट्रीय स्वयंसेवक संघ का प्रवर्तन किया, तब अनेक स्वयंसेवक चाहते थे कि संस्थापक के नाते वे ही इस संगठन के गुरु बनें; क्योंकि उन सबके लिए डॉ. हेडगेवार का व्यक्तित्व अत्यंत आदरणीय और प्रेरणादायी था। इस आग्रहपूर्ण दबाव के बावजूद डॉ. हेडगेवार ने हिंदू संस्कृति, ज्ञान, त्याग और संन्यास के प्रतीक भगवा ध्वज (केसरिया झंडा) को गुरु के रूप में प्रतिष्ठित करने का निर्णय किया। हिंदू पंचांग के अनुसार हर वर्ष व्यास पूर्णिमा (गुरु पूर्णिमा) के दिन संघ-स्थान पर एकत्र होकर सभी स्वयंसेवक भगवा ध्वज का विधिवत् पूजन करते हैं। राष्ट्रीय स्वयंसेवक संघ हर साल जिन छह उत्सवों का आयोजन करता है, उनमें गुरुपूजा कई दृष्टियों से महत्त्वपूर्ण है।

अपनी स्थापना के तीन साल बाद संघ ने सन् 1928 में पहली बार गुरुपूजा का आयोजन किया था। तब से यह परंपरा अबाध रूप से जारी है और भगवा ध्वज का स्थान संघ में सर्वोच्च बना हुआ है। ध्वज की प्रतिष्ठा सरसंघचालक (संघ प्रमुख) से भी ऊपर है।

केसरिया झंडे को ही संघ ने सर्वोच्च स्थान क्यों दिया? यह प्रश्न बहुतों के लिए पहेली बना हुआ है। भारत और कई दूसरे देशों में ऐसे अनेक धार्मिक-आध्यात्मिक संगठन हैं, जिनके संस्थापकों को गुरु मानकर उनका पूजन करने की परंपरा है। भक्ति आंदोलन की

समृद्ध परंपरा के दौरान और आज भी किसी व्यक्ति को गुरु मानने में कोई कठिनाई नहीं है। इस प्रचलित परिपाटी से हटकर संघ में डॉ. हेडगेवार की जगह भगवा ध्वज को गुरु मानने का विचार विश्व के समकालीन इतिहास की अनूठी पहल है। जो संगठन दुनिया का सबसे बड़ा स्वयंसेवी संगठन बन गया है, उसका सर्वोच्च पद अगर एक ध्वज को प्राप्त है तो निश्चय ही यह गंभीरता से विचार करने का विषय है। संघ के अनेक वरिष्ठ स्वयंसेवकों ने इस रोचक पक्ष पर प्रकाश डालने का प्रयास किया है।

राष्ट्रीय स्वयंसेवक संघ के विचारक एच.वी. शेषाद्रि के अनुसार, "भगवा ध्वज सदियों से भारतीय संस्कृति और परंपरा का श्रद्धेय प्रतीक रहा है। जब डॉ. हेडगेवार ने संघ का शुभारंभ किया, तभी से उन्होंने इस ध्वज को स्वयंसेवकों के सामने समस्त राष्ट्रीय आदर्शों के सर्वोच्च प्रतीक के रूप में प्रस्तुत किया और बाद में व्यास पूर्णिमा के दिन गुरु के रूप में भगवा ध्वज के पूजन की परंपरा आरंभ की।"

अखिल भारतीय विद्यार्थी परिषद् (ABVP), भारतीय मजदूर संघ (BMS), वनवासी कल्याण आश्रम (VKA), भारतीय किसान संघ (BKS)

और विश्व हिंदू परिषद् (VHP) जैसे कई संगठनों ने इस भगवा ध्वज को अपना लिया। इस तरह देश भर में संघ की दस हजार से अधिक शाखाओं में तो विशिष्ट आकार के भगवा ध्वज प्रतिदिन फहराए जाते ही रहे हैं, संघ से प्रेरित-प्रवर्तित कई संगठन भी अपने सार्वजनिक समारोहों में केसरिया झंडे का प्रयोग विगत कई दशकों से करते आ रहे हैं। यह भगवा रंग राष्ट्रीय प्रतीक रूप में भारत के करोड़ों लोगों के मन में विशिष्ट स्थान बना चुका है।

शेषाद्रि इस बात की भी चर्चा करते हैं कि राष्ट्रीय स्वयंसेवक संघ के बाहर मजदूरों के बीच काम करते हुए केसरिया झंडे के नेतृत्व को आम स्वीकृति दिलाना कितना चुनौतीपूर्ण था; क्योंकि इस क्षेत्र में लंबे समय से दुनिया भर में सक्रिय साम्यवादी आंदोलन और उसके लाल झंडे का खासा प्रभाव था।

शेषाद्रि इस बात की भी चर्चा करते हैं कि राष्ट्रीय स्वयंसेवक संघ के बाहर मजदूरों के बीच काम करते हुए केसरिया झंडे के नेतृत्व को आम स्वीकृति दिलाना कितना चुनौतीपूर्ण था; क्योंकि इस क्षेत्र में लंबे समय से दुनिया भर में सक्रिय साम्यवादी आंदोलन और उसके लाल झंडे का खासा प्रभाव था। भारतीय मजदूर संघ ने मजदूरों के बीच भी उस केसरिया झंडे को स्वीकृति दिलाई, जो विश्व-कल्याण का प्रतीक है। कई वर्षों के संघर्ष के बाद अब श्रमिक संगठन भारतीय मजदूर संघ अपने विभिन्न कार्यक्रमों में केसरिया झंडे को शान के साथ फहराने की स्थिति में आ गया है। मार्च 1981 में भारतीय मजदूर संघ ने अपने छठे राष्ट्रीय सम्मेलन के दौरान जब साम्यवादी प्रभाववाले महानगर कलकत्ता की सड़कों पर विशाल जुलूस निकाला था, तब लोग हजारों हाथों में परंपरागत लाल झंडे की जगह केसरिया झंडे देखकर

आश्चर्यचकित रह गए थे। कलकत्ता के प्रमुख अखबारों ने उस समय मजदूरों के बीच उभरी इस नई केसरिया ताकत को महसूस किया था।

संघ के महाराष्ट्र प्रांत कार्यवाह एन.एच. पालकर ने भगवा ध्वज पर एक रोचक पुस्तक लिखी है। मूलतः मराठी में लिखी यह पुस्तक सन् 1958 में प्रकाशित हुई थी। बाद में इसका हिंदी संस्करण प्रकाशित हुआ। 76 पृष्ठों की इस पुस्तक के अनुसार, सनातन धर्म में वैदिक काल से ही भगवा ध्वज फहराने की परंपरा मिलती है।

संघ के महाराष्ट्र प्रांत कार्यवाह एन.एच. पालकर ने भगवा ध्वज पर एक रोचक पुस्तक लिखी है। मूलतः मराठी में लिखी यह पुस्तक सन् 1958 में प्रकाशित हुई थी। बाद में इसका हिंदी संस्करण प्रकाशित हुआ। 76 पृष्ठों की इस पुस्तक के अनुसार, सनातन धर्म में वैदिक काल से ही भगवा ध्वज फहराने की परंपरा मिलती है।

पालकर के अनुसार, "वैदिक साहित्य में 'अरुणकेतु' के रूप में वर्णित इस भगवा ध्वज को हिंदू जीवन-शैली में सदैव प्रतिष्ठा प्राप्त रही। यह ध्वज हिंदुओं को हर काल में विदेशी आक्रमणों से लड़ने और विजयी होने की प्रेरणा देता रहा है। इसका सुविचारित उपयोग हिंदुओं में राष्ट्ररक्षा के लिए संघर्ष का भाव जाग्रत् करने के लिए होता रहा है।"

पालकर ने भगवा ध्वज के राष्ट्रीय चरित्र को सिद्ध करने के लिए कई ऐतिहासिक घटनाओं का उल्लेख किया है। कुछ घटनाएँ इस प्रकार हैं—

सिखों के दसवें गुरु श्री गुरु गोविंद सिंह ने जब हिंदू धर्म की रक्षा के लिए हजारों सिख योद्धाओं की फौज का नेतृत्व किया, तब उन्होंने

केसरिया झंडे का उपयोग किया। यह ध्वज हिंदुत्व के पुनर्जागरण का प्रतीक है। इस झंडे से प्रेरणा लेते हुए महाराजा रणजीत सिंह के शासन काल में सिख सैनिकों ने अफगानिस्तान के काबुल-कंधार तक को फतह कर लिया था। उस समय सेनापति हरि सिंह नलवा ने सैनिकों का नेतृत्व किया था।

पालकर ने लिखा है कि जब राजस्थान पर मुगलों का हमला हुआ, तब राणा साँगा और महाराणा प्रताप के सेनापतित्व में राजपूत योद्धाओं ने भी भगवा ध्वज से वीरता की प्रेरणा लेकर आक्रमणकारियों को रोकने के लिए ऐतिहासिक युद्ध किए। छत्रपति शिवाजी और उनके साथियों ने मुगल शासन से मुक्ति और हिंदू राज्य की स्थापना के लिए भगवा ध्वज की छत्रच्छाया में ही निर्णायक लड़ाइयाँ लड़ीं।

पालकर ने लिखा है कि जब राजस्थान पर मुगलों का हमला हुआ, तब राणा साँगा और महाराणा प्रताप के सेनापतित्व में राजपूत योद्धाओं ने भी भगवा ध्वज से वीरता की प्रेरणा लेकर आक्रमणकारियों को रोकने के लिए ऐतिहासिक युद्ध किए। छत्रपति शिवाजी और उनके साथियों ने मुगल शासन से मुक्ति और हिंदू राज्य की स्थापना के लिए भगवा ध्वज की छत्रच्छाया में ही निर्णायक लड़ाइयाँ लड़ीं।

पालकर मुगलों के आक्रमण को विफल करने के लिए दक्षिण भारतीय राज्य विजयनगरम् के राजाओं की सेना का भी उल्लेख करते हैं, जिसमें भगवा ध्वज को शौर्य और बलिदान की प्रेरणा देनेवाले झंडे के रूप में फहराया जाता था। मध्यकाल के प्रसिद्ध भक्ति आंदोलन और हिंदू धर्म में युगानुरूप सुधार के साथ इसके पुनर्जागरण में भी भगवा या संन्यासी रंग की प्रेरक भूमिका थी।

भारत के अनेक मठ-मंदिरों पर भगवा झंडा फहराया जाता है, क्योंकि इस रंग को शौर्य और त्याग जैसे गुणों का प्रतीक माना जाता है।

पालकर के अनुसार, "अंग्रेजी राज के विरुद्ध सन् 1857 में भारत के पहले स्वाधीनता संग्राम के दौरान केसरिया झंडे के तले सारे क्रांतिकारी एकजुट हुए थे।" उन्होंने पुस्तक के अंत में निष्कर्ष के तौर पर लिखा है कि भगवा ध्वज के संपूर्ण इतिहास का अध्ययन करने से स्पष्ट है कि इसे हिंदू समाज से अलग करना संभव नहीं है। यह ध्वज हिंदू समाज और हिंदू राष्ट्र का सहज स्वाभाविक प्रतीक है।"

अंग्रेजी राज के विरुद्ध सन् 1857 में भारत के पहले स्वाधीनता संग्राम के दौरान केसरिया झंडे के तले सारे क्रांतिकारी एकजुट हुए थे।" उन्होंने पुस्तक के अंत में निष्कर्ष के तौर पर लिखा है कि भगवा ध्वज के संपूर्ण इतिहास का अध्ययन करने से स्पष्ट है कि इसे हिंदू समाज से अलग करना संभव नहीं है।

संघ की शाखा या प्रशिक्षण शिविर में जब भगवा ध्वज के महत्त्व पर बौद्धिक विमर्श होता है, तब मुख्यत: वही बातें स्वयंसेवकों को बताई जाती हैं, जिनका उल्लेख पालकर की पुस्तक में किया गया है।

लेखक ने संक्षेप में हिंदू राष्ट्र, हिंदू समाज, हिंदू संस्कृति, हिंदू जीवन-शैली और दर्शन—सबको भगवा ध्वज से अभिन्न रूप से जोड़कर देखा है। वे मानते हैं कि यह ध्वज हिंदुओं को त्याग, बलिदान, शौर्य, देशभक्ति आदि की प्रेरणा देने में सदैव सक्षम रहा है।

यह ध्वज हिंदू समाज के सतत संघर्षों और विजश्री का साक्षी रहा है। हिंदू संस्कृति और हिंदू राष्ट्र 'भगवा ध्वज' के बिना हम हिंदू धर्म

की कल्पना नहीं कर सकते। ('धर्म' शब्द का प्रयोग हिंदुत्व के विद्वानों के अनुसार किया गया है, अर्थात् धर्म जीवन जीने का मार्ग है तथा इसे कुछ रीति-रिवाजों, कर्म-कांडों तक सीमित 'धर्म' की रूढ़िवादिता के समतुल्य नहीं माना जा सकता।) संस्कृति किसी भी देश की जीवन-रेखा होती है। हिंदू संस्कृति हमारे देश की जीवन-रेखा है तथा 'भगवा ध्वज' हिंदू संस्कृति का प्रतीक है।

पालकर का यह बयान अत्यंत महत्त्वपूर्ण है कि भगवा ध्वज के अस्तित्व पर इस बात से कोई फर्क नहीं पड़ता है कि इसे कोई शासकीय मान्यता दी गई या नहीं। यही कारण है कि आज भी अनेक सामाजिक-राजनीतिक संगठनों, जातियों और उपजातियों के लिए भगवा ध्वज आदरणीय है।

पालकर का यह बयान अत्यंत महत्त्वपूर्ण है कि भगवा ध्वज के अस्तित्व पर इस बात से कोई फर्क नहीं पड़ता है कि इसे कोई शासकीय मान्यता दी गई या नहीं। यही कारण है कि आज भी अनेक सामाजिक-राजनीतिक संगठनों, जातियों और उपजातियों के लिए भगवा ध्वज आदरणीय है।

यह हिंदू समाज की आकांक्षाओं का प्रतीक है और इसमें वह ऊर्जा भी है, जो उन आकांक्षाओं को साकार करने के लिए समाज को प्रेरित कर सकती है। यह ऊर्जा भले ही प्रकट न हो, लेकिन इसे हम संगठित हिंदू समाज के रूप में अवश्य देख सकते हैं।

भगवा ध्वज को गुरु के रूप में प्रतिष्ठित करने के पीछे संघ का दर्शन यह है कि किसी व्यक्ति को गुरु बनाने पर उसमें पहले से कुछ कमजोरियाँ हो सकती हैं या कालांतर में उसके सद्‌गुणों का क्षय भी हो सकता है; लेकिन ध्वज स्थायी रूप से श्रेष्ठ गुणों की प्रेरणा देता रह सकता है।

राष्ट्रीय स्वयंसेवक संघ ने मुख्यतः तीन कारणों से भगवा ध्वज को गुरु के रूप में स्वीकार किया—

- एक, ध्वज के साथ ऐतिहासिकता जुड़ी है और यह किसी संगठन को एकजुट रखते हुए उसके विकास में सहायक होता है।
- दो, भगवा ध्वज में सांस्कृतिक राष्ट्रवाद की वह विचारधारा सर्वाधिक प्रखर रूप में प्रतिबिंबित होती है, जो संघ की स्थापना का प्रबल आधार है।
- तीन, किसी व्यक्ति की जगह सांस्कृतिक राष्ट्रवाद के प्रतीक भगवा ध्वज को सर्वोच्च स्थान देकर संघ यह सुनिश्चित करने में सफल रहा कि वह व्यक्ति-केंद्रित संगठन नहीं बनेगा। यह सोच बहुत सफल रही। फलस्वरूप पिछले 90 वर्षों के दौरान जीवन के विभिन्न क्षेत्रों में संगठन का आधार व्यापक हुआ और संघ में सर्वोच्च पद को लेकर कभी कोई विवाद नहीं हुआ। इस तरह के संगठन में शीर्ष नेतृत्व के उत्तराधिकार को लेकर संघर्ष न होना आश्चर्यजनक है और बहुत हद तक इसका श्रेय भगवा ध्वज को गुरु मानने के डॉ. हेडगेवार के निर्णय को दिया जा सकता है।

संघ के सर्वोच्च पदाधिकारी (सरसंघचालक) सहित सभी स्वयंसेवक भगवा ध्वज को सादर नमन करते हैं। संघ की अनेक शाखाओं में वर्ष-पर्यंत प्रतिदिन फहराया जानेवाला भगवा ध्वज कई दशकों से सांस्कृतिक राष्ट्रवाद की प्रेरणा देता रहा है। यही कारण है कि संघ के स्वयंसेवक अपनी विचारधारा के साथ बड़ी गहराई से जुड़े रहते हैं।

गुरु दक्षिणा

संघ की प्रत्येक शाखा 'व्यास पूर्णिमा' पर गुरुपूजा और गुरु दक्षिणा का कार्यक्रम आयोजित करती है। इसके दो मुख्य उद्‌देश्य हैं—पहला, प्राचीन भारत की उस गुरु-शिष्य परंपरा को आगे बढ़ाना, जिसमें शिक्षा पूरी करनेवाले सभी शिष्य आदर और कृतज्ञता के भाव से अपने गुरु को यथाशक्ति दक्षिणा (धनराशि) अर्पित करते थे। इसमें धन की राशि नहीं, कृतज्ञता की भावना महत्त्व रखती है। गुरुपूजा का कार्यक्रम आम तौर पर प्रात:काल किसी सभागार में बड़ी सादगी के साथ संपन्न किया जाता है। स्वयंसेवक इस कार्यक्रम में गणवेश में नहीं, बल्कि पारंपरिक भारतीय परिधान (धोती-कुरता या पाजामा-कुरता) में उपस्थित होते हैं।

संघ की प्रत्येक शाखा 'व्यास पूर्णिमा' पर गुरुपूजा और गुरु दक्षिणा का कार्यक्रम आयोजित करती है। इसके दो मुख्य उद्‌देश्य हैं—पहला, प्राचीन भारत की उस गुरु-शिष्य परंपरा को आगे बढ़ाना, जिसमें शिक्षा पूरी करनेवाले सभी शिष्य आदर और कृतज्ञता के भाव से अपने गुरु को यथाशक्ति दक्षिणा (धनराशि) अर्पित करते थे।

गुरुपूजा कार्यक्रम का प्रारंभ भी शाखा लगने की तरह किसी कमरे या सभागार में भगवा ध्वज फहराने के साथ होता है; लेकिन उस दिन सिर्फ ध्वज-पूजन और बौद्धिक का कार्यक्रम होता है। पूजन के लिए ध्वजदंड के निकट धूप-दीप जलाकर वहाँ संघ के संस्थापक डॉ. हेडगेवार और उनके परवर्ती सरसंघचालक माधव सदाशिव गोलवलकर (जिन्हें स्वयंसेवक आदर के साथ 'गुरुजी' कहते हैं) के बड़े आकार के चित्र रखे जाते हैं। पास में ही पुष्प रखे होते हैं, जिनसे ध्वज की पूजा की जा सके।

सभी स्वयंसेवक फर्श पर दरियों पर बैठते हैं या चादर बिछाकर बैठते हैं। इससे पहले कमरे को भलीभाँति साफ किया जाता है। कमरे में एकदम शांति विराजमान होती है। हर स्वयंसेवक के लिए अनिवार्य होता है कि वह कार्यक्रम आरंभ होने से पहले उपस्थित हो। सभी लोग कतारों में बैठते हैं। कार्यक्रम आरंभ होने से पूर्व उन्हें एक सादा लिफाफा दिया जाता है। इस पर शाखा के मुख्य शिक्षक/शाखा कार्यवाह द्वारा स्वयंसेवक का नाम लिखा होता है। गुरु दक्षिणा की समय सूची के बारे में जानकारी के साथ ये लिफाफे व्यक्तिशः स्वयंसेवकों के घर पर दिए जाते हैं।

सभी स्वयंसेवक फर्श पर दरियों पर बैठते हैं या चादर बिछाकर बैठते हैं। इससे पहले कमरे को भलीभाँति साफ किया जाता है। कमरे में एकदम शांति विराजमान होती है। हर स्वयंसेवक के लिए अनिवार्य होता है कि वह कार्यक्रम आरंभ होने से पहले उपस्थित हो। सभी लोग कतारों में बैठते हैं।

कार्यक्रम की सूचना सबको दी जाती है और प्रयास होता है कि एक बार भी शाखा में आए स्वयंसेवक को गुरुपूजा में अवश्य सम्मिलित किया जाए। नए स्वयंसेवकों को संगठन से जुड़ा रखने के लिए यह प्रयास महत्त्वपूर्ण माना जाता है।

गुरु दक्षिणा कार्यक्रम सादगी भरा होता है; लेकिन उसमें गुरु के प्रति श्रद्धा-कृतज्ञता का जैसा आध्यात्मिक वातावरण बनता है, नए स्वयंसेवकों पर उसका विशेष प्रभाव पड़ता है। स्वयंसेवक इस अवसर पर देशभक्ति के गीत का समूह गान करते हैं। इन गीतों में भारत के स्वर्णिम अतीत की गौरव गाथा होती है या राष्ट्र को वैभवशाली बनाने के लिए त्याग-समर्पण की भावना।

धूपबत्ती एवं अगरबत्तियाँ जलाई जाती हैं। चारों ओर भीनी खुशबू फैल जाती है। 'गुरु' की प्रशंसा में प्रत्येक स्वयंसेवक संस्कृत के कुछ श्लोक गाता है तथा गुरु के प्रति आभार प्रकट करता है। स्वयंसेवक मिलकर देशभक्ति के गीत गाते हैं तथा भारत के 'स्वर्ण युग' को याद करके गौरवमय अतीत को लौटा लाने की कसम खाते हैं।

कार्यक्रम में सभी स्वयंसेवक बारी-बारी से ध्वज के समीप आते हैं, ध्वज को प्रणाम करते हैं, पुष्प से पूजन करते हैं, लिफाफे में बंद राशि अर्पित करते हैं और पुनः प्रणाम कर अपने स्थान पर लौट आते हैं। इसे 'ध्वज प्रणाम' कहा जाता है। गुरु दक्षिणा के रूप में किसने कितनी राशि अर्पित की, कोई न यह जानने का प्रयास करता है, न यह बताया जाता है। स्वयंसेवक पुनः ध्वज प्रणाम करके अपने स्थान पर बैठ जाता है तथा फिर अगला स्वयंसेवक इसी प्रकार से 'गुरु दक्षिणा' अर्पित करता है।

कार्यक्रम में सभी स्वयंसेवक बारी-बारी से ध्वज के समीप आते हैं, ध्वज को प्रणाम करते हैं, पुष्प से पूजन करते हैं, लिफाफे में बंद राशि अर्पित करते हैं और पुनः प्रणाम कर अपने स्थान पर लौट आते हैं। इसे 'ध्वज प्रणाम' कहा जाता है। गुरु दक्षिणा के रूप में किसने कितनी राशि अर्पित की, कोई न यह जानने का प्रयास करता है, न यह बताया जाता है।

'गुरु दक्षिणा' के बाद उस कार्यक्रम में विशेष रूप से आमंत्रित किसी गण्यमान्य व्यक्ति या संघ के किसी वरिष्ठ अधिकारी का बौद्धिक संबोधन होता है। संघ अपेक्षा करता है कि शाखा को मुख्य शिक्षक अपने क्षेत्र में रहनेवाले किसी सम्मानित डॉक्टर, वकील, प्राध्यापक, सेना के अवकाश-प्राप्त अधिकारी या सुविख्यात व्यक्ति को मुख्य वक्ता

के रूप में आमंत्रित करने के लिए गुरु दक्षिणा कार्यक्रम के अवसर का उपयोग करें। इससे संगठन को राष्ट्रीय स्वयंसेवक संघ से इतर सदस्यों को शामिल करने में मदद मिलती है। अब तक का अनुभव यही है कि जो भी विशिष्ट व्यक्ति संघ के गुरु दक्षिणा कार्यक्रम में मुख्य वक्ता के रूप में पहली बार आता है, वह इतना प्रभावित होता है कि स्वयंसेवक न होते हुए भी संघ का आजीवन प्रशंसक और मित्र बन जाता है।

दैनिक शाखा की तरह कार्यक्रम का समापन संघ की ध्वज प्रार्थना से होता है।

गुरु दक्षिणा कार्यक्रम की अवधारणा संघ के प्रारंभिक दिनों में की गई थी। इसके दो उद्देश्य थे : पहला, संगठन के विस्तार के लिए संगठन के भीतर से ही धन की व्यवस्था करना और दूसरा, यह स्थापित करना कि संघ में भगवा ध्वज ही सर्वोच्च गुरु है।

गुरु दक्षिणा कार्यक्रम की अवधारणा संघ के प्रारंभिक दिनों में की गई थी। इसके दो उद्देश्य थे : पहला, संगठन के विस्तार के लिए संगठन के भीतर से ही धन की व्यवस्था करना और दूसरा, यह स्थापित करना कि संघ में भगवा ध्वज ही सर्वोच्च गुरु है।

कालांतर में गुरु दक्षिणा कार्यक्रम ऐसे स्वयंसेवकों को भी कम-से-कम वर्ष में एक बार जोड़ने का सशक्त माध्यम बन गया, जो नियमित शाखा नहीं आ पाते। कम-से-कम वर्ष में एक बार सभी परस्पर मिल सकें।

समय के साथ जब अनेक स्वयंसेवक जीवन के विभिन्न क्षेत्रों में संघ के प्रमुख संगठनों में काम करते हुए देश भर में फैल गए, तब ऐसे स्वयंसेवकों के लिए संघ कार्यालय या किसी सभागार में अलग से गुरु दक्षिणा कार्यक्रम किए जाने लगे। इसमें भी अधिकतर ऐसे स्वयंसेवक

सम्मिलित होते हैं, जो नियमित शाखा नहीं जाते। प्रशासन, पत्रकारिता, चिकित्सा आदि पेशे से जुड़े स्वयंसेवकों की गुरु दक्षिणा के लिए भी सुविधानुसार अलग कार्यक्रम किए जाते हैं।

गुरु दक्षिणा से सबसे ज्यादा महत्त्वपूर्ण सीख यह मिलती है कि इस कार्यक्रम का मूल मंत्र 'ईमानदारी' है—किस प्रकार से पैसा सँभाला जाता है तथा स्वयंसेवक की संगठन में हैसियत पर ध्यान दिए बिना इस धन राशि का इस्तेमाल किया जाता है। कार्यक्रम के बाद मुख्य शिक्षक और कार्यवाह लिफाफा (सार्वजनिक रूप से नहीं) खोलते हैं और एक सूची तैयार करते हैं, जिसमें पूरा विवरण होता है। सूची से पता चलता है कि किस स्वयंसेवक ने कितनी दक्षिणा दी। प्राप्त राशि के साथ यह सूची ऊपर के अधिकारियों से होती हुई केंद्रीय स्तर तक पहुँचती है; लेकिन इस सूची को कभी सार्वजनिक नहीं किया जाता। इसी धन से संघ अपने जरूरी संगठनात्मक व्यय को वहन करता है। संघ के 90 साल के इतिहास में गुरु दक्षिणा राशि में घपले या भ्रष्टाचार का एक भी मामला सामने नहीं आया। संघ के अधिकारी मानते हैं कि संगठन के भ्रष्टाचार-मुक्त रहने और इसकी समस्त गतिविधियों की सफलता का मूल स्रोत चरित्र-निर्माण पर बल दिया जाना है। वर्ष में एक बार 'गुरु दक्षिणा' दी जाती है। सामान्यत:

> ***समय के साथ जब अनेक स्वयंसेवक जीवन के विभिन्न क्षेत्रों में संघ के प्रमुख संगठनों में काम करते हुए देश भर में फैल गए, तब ऐसे स्वयंसेवकों के लिए संघ कार्यालय या किसी सभागार में अलग से गुरु दक्षिणा कार्यक्रम किए जाने लगे। इसमें भी अधिकतर ऐसे स्वयंसेवक सम्मिलित होते हैं, जो नियमित शाखा नहीं जाते।***

किसी महीने में एक बार या दो बार गुरु दक्षिणा के लिए तिथि/तिथियाँ तय की जाती हैं। राष्ट्रीय स्वयंसेवक संघ शाखा और अन्य संबद्ध संगठनों को इन तय तिथियों पर यह कार्यक्रम आयोजित करना होता है। राष्ट्रीय स्वयंसेवक संघ में इस परंपरा को कभी भी नहीं तोड़ा गया। यह सर्वाधिक आदरणीय और पुनीत कार्यक्रम माना जाता है।

□

पर्व और त्योहार

राष्ट्रीय स्वयंसेवक संघ पूरे साल में छह पर्व और त्योहारों का आयोजन करता है—

1. विजयादशमी महोत्सव,
2. मकर संक्रांति महोत्सव,
3. वर्ष प्रतिपदा महोत्सव,
4. हिंदू साम्राज्य दिवसोत्सव,
5. गुरु पूर्णिमा महोत्सव,
6. रक्षाबंधन महोत्सव।

संघ ने इन छह महोत्सवों को क्यों चुना? इस दर्शन के पीछे के उद्देश्य के बारे में विस्तार से 'संघ उत्सव' में बताया गया है। 'संघ उत्सव' में द्वितीय संघ प्रमुख मा.स. गोलवलकर और तृतीय सरसंघचालक बाला साहेबदेवरस की टिप्पणियाँ तथा विचारों को समाहित किया गया है—

"संघ ने इन उत्सवों को इनके नाम और उद्देश्यों से जोड़ने के लिए इन्हें चुना। लोगों को समझना चाहिए कि संघ ने अपनी तरफ से किसी नए त्योहार का सृजन नहीं किया है; लेकिन ये त्योहार राष्ट्रीय महत्त्व के हैं और हिंदू समाज आदिकाल से इनको आयोजित करता आ रहा है।"

इनमें से एक त्योहार 'हिंदू साम्राज्य दिवसोत्सव' ही अपवाद कहा जा सकता है, जो राष्ट्रीय स्तर पर तो आयोजित नहीं किया जाता, लेकिन संघ ने इसे अपनी सूची में दर्ज कर लिया है और 'संघ उत्सव' इस तथ्य को स्वीकार करते हुए कहता है, "हिंदू साम्राज्य दिवसोत्सव, एक ऐसा पर्व है, जो समाज को जागरूक करने के लिए प्रेरित करता है। यही कारण है कि संघ ने इसे अन्य पारंपरिक महोत्सवों की सूची में शामिल किया है।"

इन पर्वों व त्योहारों के आयोजन को आगे विस्तार से समझाया गया—"महान् हस्तियों के बलिदान से जुड़ी यादें ही इन महोत्सवों का आधार बनीं। अतः हम (स्वयंसेवक गण) इनके माध्यम से समाज को जागरूक बनाते हैं।"

इन पर्वों व त्योहारों के आयोजन को आगे विस्तार से समझाया गया—"महान् हस्तियों के बलिदान से जुड़ी यादें ही इन महोत्सवों का आधार बनीं। अतः हम (स्वयंसेवक गण) इनके माध्यम से समाज को जागरूक बनाते हैं।"

सबसे महत्त्वपूर्ण यह कि त्योहारों के आयोजनों से संघ को अपना आधार बढ़ाने में भी मदद मिलती है। त्योहारों का आयोजन सामान्य तौर पर शाखा स्तर पर होता है। "एक बार शाखा त्योहार के आयोजन का निर्णय कर लेती है तो यह संघ की विचारधारा और कार्यों को स्थानीय समुदाय को दिखाने में काम आती है। इससे स्थानीय समुदाय को संघ के करीब लाने में मदद मिलती है। अतः इन त्योहारों की संघ के विस्तार के अनुकूल माहौल तैयार करने में काफी महत्त्वपूर्ण भूमिका होती है।"

1. **विजयादशमी महोत्सव :** हालाँकि स्वयंसेवकों के लिए सारे

त्योहार समाज महत्ता के हैं, परंतु इस महोत्सव का संघ के हृदय से नाता है; क्योंकि संघ का गठन विजयादशमी (27 सितंबर, 1925) के दिन ही किया गया था। हर साल विजयादशमी अलग-अलग दिनों पर पड़ती है, जैसा कि हिंदू कलेंडर दरशाता है। विजयादशमी का त्योहार देश के हर हिस्से में आयोजित किया जाता है और इसके बारे में तमाम कहानियाँ, किंवदंतियाँ

प्रचलित हैं; लेकिन सबसे प्रचलित और लोकप्रिय कथा श्रीराम द्वारा रावण के वध को लेकर है, जो कि भारत में सर्वाधिक पूजनीय देव हैं। महाभारत ग्रंथ के अनुसार, पांडवों का 13 साल का वनवास इसी दिन खत्म हुआ था और इसके उपरांत ही उन्हें अपने शस्त्रास्त्रों की पूजा करने की अनुमति मिली थी। हिंदी पट्टी में इस समारोह को शस्त्र-पूजन के रूप में जाना जाता है। संघ स्वयंसेवक इस दिन सांकेतिक रूप से शस्त्र-पूजन समारोह आयोजित करते हैं। ऐसा स्वयंसेवकों के भीतर बहादुरी और साहस के गुणों का संचार हो, इसलिए किया जाता है। यह त्योहार भारत की ऐतिहासिक व सांस्कृतिक विरासत से जुड़ा हुआ है और इसके संबंध में तमाम प्राचीन कहानियाँ, किंवदंतियाँ आदि प्रचलित हैं। इन सब में हालाँकि एक संदेश है, जो सब में समान है—बुराई पर अच्छाई की

जीत। संघ में एक परंपरा रही है कि इस दिन नागपुर में सरसंघचालक जनसभा को संबोधित करते हैं, जिसमें हजारों की संख्या में स्वयंसेवक उपस्थित रहते हैं।

2. **मकर संक्रांति महोत्सव :** इसे मकर संक्रांति के रूप में भी जाना जाता है। यह हिंदुओं का सबसे महत्त्वपूर्ण पर्व है और इसे माघ (जनवरी) के महीने में मनाया जाता है। इस दौरान सूर्य का कोण उत्तर की ओर अधिक हो जाता है। इस पर्व का आयोजन सूर्य के पृथ्वी के उत्तरी भूभाग (मकर राशि) के सफर की शुरुआत के तौर पर किया जाता है। संघ के आयोजन के तमाम और मायने भी होते हैं। यह वह समय होता है, जब माना जाता है कि सफर अंधकार से प्रकाश की ओर, झूठ से सच की ओर और मृत्यु से जीवन की ओर शुरू होता है। भारतीय इस दिन नदियों में पवित्र स्नान करते हैं। ऐतिहासिक दृष्टि से देखा जाए तो यह त्योहार तमाम महत्त्वपूर्ण घटनाओं का साक्षी भी रहा है। संघ की दैनिक शाखा के उपरांत तिल और गुड़ मिलाकर स्वयंसेवकों में वितरित किया जाता है। वरिष्ठ संघ कार्यकर्ता शाखाओं पर स्वयंसेवकों को इस पुरातन त्योहार की समाज के लिए महत्ता बताते हैं। समय-समय पर तमाम शाखाएँ मिलकर

इसे मकर संक्रांति के रूप में भी जाना जाता है। यह हिंदुओं का सबसे महत्त्वपूर्ण पर्व है और इसे माघ (जनवरी) के महीने में मनाया जाता है। इस दौरान सूर्य का कोण उत्तर की ओर अधिक हो जाता है। इस पर्व का आयोजन सूर्य के पृथ्वी के उत्तरी भूभाग (मकर राशि) के सफर की शुरुआत के तौर पर किया जाता है।

इसका आयोजन करती हैं। यही वह समय होता है, जब हर स्वयंसेवक को सोचना होता है कि देश के लिए उसका निजी तौर पर क्या योगदान रहा है। इस अवसर पर एक नई शुरुआत भी करनी होती है और स्वयंसेवकों को यह प्रण करना होता है कि वे निस्स्वार्थ भाव से समाज के उत्थान और कल्याण के लिए कार्य करते रहेंगे। संघ प्रकाशन की 'संघ उत्सव' पत्रिका में संगठन के लिए इस पर्व की महत्ता के विषय में काफी विस्तार से समझाया गया है।

3. **वर्ष प्रतिपदा महोत्सव :** संघ इसे 'हिंदू नव वर्ष' के रूप में भी मनाता है। पारंपरिक भारतीय ज्ञान और पुराणों के अनुसार, भगवान् ब्रह्मा ने इसी दिन ब्रह्मांड की रचना शुरू की थी। इस दिन के साथ भी तमाम प्रकार की घटनाएँ जुड़ी हुई हैं। सम्राट् विक्रमादित्य ने इस दिन शक आक्रांताओं को हराया था और उन्हें भारत से भागने पर मजबूर किया था। इसलिए नव हिंदू संवत्, जिसे 'विक्रम संवत्' भी कहा जाता है, की शुरुआत इस दिन से हुई थी। यह कलेंडर देश के तमाम हिस्सों में प्रमुखता से माना जाता है, खासकर ग्रामीण हिस्सों में। अयोध्या के राजा श्रीराम का राजतिलक भी इसी

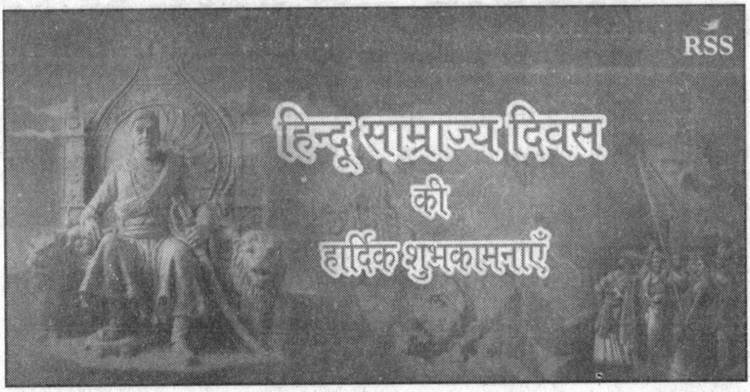

दिन हुआ था। देश के महानतम आधुनिक समाज-सुधारकों में से एक महर्षि दयानंद ने आज ही के दिन 'आर्यसमाज' की स्थापना की थी। भारत का आधिकारिक कलेंडर 'शक संवत्' भी इसी दिन से शुरू होता है। संयोगवश संघ के संस्थापक डॉ. हेडगेवार का जन्म भी इसी दिन हुआ था।

'संघ उत्सव' के अनुसार, 'यह त्योहार बीते वर्ष के समापन और नए वर्ष के शुभारंभ का समय होता है, इसलिए बीते वर्ष के क्रियाकलापों की समीक्षा और अगले वर्ष के लक्ष्यों व योजनाओं को तैयार करने का भी अवसर होता है।' इस दिन स्वयंसेवक संघ की पूरी पोशाक (संपूर्ण गणवेश—काली टोपी, सफेद शर्ट, खाकी निकर, काले जूते व खाकी जुराब तथा दंड) धारण करते हैं और भगवा ध्वज फहराने से पूर्व संघ के संस्थापक को विशेष सलामी देते हैं। इस सलामी को 'आद्य सरसंघचालक प्रणाम' कहते हैं। संघ का बैंड, जिसे 'घोष' कहते हैं, हर संभव जगह पर बजाया जाता है। मुख्य संघ कार्यकर्ता इस दिन बौद्धिक विचारों का आदान-प्रदान करते हैं। इस समय समाज के किसी महत्त्वपूर्ण व्यक्तित्व को मुख्य अतिथि के रूप में भी आमंत्रित किया जाता है।

'संघ उत्सव' के अनुसार, 'यह त्योहार बीते वर्ष के समापन और नए वर्ष के शुभारंभ का समय होता है, इसलिए बीते वर्ष के क्रियाकलापों की समीक्षा और अगले वर्ष के लक्ष्यों व योजनाओं को तैयार करने का भी अवसर होता है।'

4. **हिंदू साम्राज्य दिवस :** संघ द्वारा आयोजित तमाम महोत्सवों में से यह उत्सव अलग प्रकार का होता है। जबकि संघ द्वारा

मनाए जानेवाले अन्य महोत्सव समाज द्वारा भी मनाए जाते हैं। यह एकमात्र महोत्सव है, जिसमें समाज की सहभागिता नगण्य होती है। 'वास्तव में, लोगों को इसकी ऐतिहासिक महत्ता के विषय में पता ही नहीं है कि इस दिन ऐसी ऐतिहासिक घटना हुई थी कि उसे सम्मान दिया जाना ही चाहिए।' (संघ उत्सव) यह पर्व मराठा योद्धा छत्रपति शिवाजी के सिंहासनारूढ़ की याद में मनाया जाता है। यह सिंहासनारोहण 19 मई, 1674 को हुआ था। इस के साथ देश में हिंदू साम्राज्य की आधिकारिक स्थापना हुई थी और शिवाजी ने खुद इस दिन घोषणा की थी, "हिंदू स्व-शासन स्थापित किया जाना चाहिए, ईश्वर की यही इच्छा है।" उन्होंने यह भी कहा था, "यह राज्य शिवाजी का नहीं है, बल्कि धर्म का है।"

इस ऐतिहासिक घटना ने पूरे देश के हिंदुओं की चेतना में बिजली दौड़ा दी थी। यह वह समय था, जब हिंदू सोच भी नहीं सकते थे कि वे शासन भी कर सकते हैं।

इस ऐतिहासिक घटना ने पूरे देश के हिंदुओं की चेतना में बिजली दौड़ा दी थी। यह वह समय था, जब हिंदू सोच भी नहीं सकते थे कि वे शासन भी कर सकते हैं। हिंदुओं का आत्मविश्वास इतना नीचे चला गया था कि उन्होंने यह स्वीकार कर लिया था कि केवल मुसलिम ही शासन कर सकते हैं और हिंदू मात्र उनके सेवक बनकर ही रह सकते हैं। ऐसी चिंताजनक हालत में शिवाजी द्वारा साम्राज्य खड़ा करने से हिंदुओं में आत्मसम्मान की भावना जागी। इसलिए अगर हमें अपने पथ पर उचित तरीके से आगे बढ़ना है तो यह जरूरी है कि उस महान् हिंदू सम्राट् शिवाजी को हम याद रखें, जिन्होंने इतिहास रचा था। यह पर्व

संघ शाखा पर आयोजित किया जाता है, जहाँ शिवाजी और उनके गुरु समर्थ रामदास की पूजा की जाती है। इस अवसर पर राजपूत राजा जयसिंह को लिखी शिवाजी की चिट्ठी भी जरूर पढ़ी जाती है। इस चिट्ठी में राजपूत योद्धाओं से अपील की गई थी कि वे मुगलों के लिए हिंदुओं का रक्त न बहाएँ और उन्हें छोड़कर शिवाजी का साथ पकड़ें, ताकि महान् उद्देश्य पूरा किया जा सके। इस अवसर पर शिवाजी की वीर गाथाओं से जुड़ी तमाम कहानियाँ भी वरिष्ठ संघ कार्यकर्ताओं द्वारा बौद्धिक चर्चा के दौरान स्वयंसेवकों को सुनाई जाती हैं। समय-समय पर एक साथ मिलकर इस पर्व को आयोजित करते हैं। शिवाजी और समर्थ गुरु रामदास को श्रद्धांजलि अर्पित की जाती है। शिवाजी की माताजी और उनके सहयोगी तानाजी की भूमिका को भी काफी विस्तार से सबके समक्ष रखा जाता है। शिवाजी के साथ उनकी माता जीजाबाई को भी संघ परिवार में बड़ा सम्मान दिया जाता है। जीजाबाई ने ही शिवाजी को प्रेरित कर मुगलों से संघर्ष करके धर्म का राज स्थापित करने, जिसे 'सच्चाई का शासन' भी कहा जा सकता है, का मार्ग प्रशस्त किया। इन आयोजनों में स्वयंसेवक देशभक्ति के गीत भी गाते हैं, जिनको विशेष तौर पर संघ प्रकाशनों में बहुत से लेखकों ने लिख रखा है।

शिवाजी की वीर गाथाओं से जुड़ी तमाम कहानियाँ भी वरिष्ठ संघ कार्यकर्ताओं द्वारा बौद्धिक चर्चा के दौरान स्वयंसेवकों को सुनाई जाती हैं। समय-समय पर एक साथ मिलकर इस पर्व को आयोजित करते हैं। शिवाजी और समर्थ गुरु रामदास को श्रद्धांजलि अर्पित की जाती है। शिवाजी की माताजी और उनके सहयोगी तानाजी की भूमिका को भी काफी विस्तार से सबके समक्ष रखा जाता है।

5. **गुरु पूर्णिमा महोत्सव :** हिंदू परंपरा में गुरु का स्थान ईश्वर से भी उच्च माना जाता है। यह महोत्सव एक अवसर प्रदान करता है कि जीवन में सही दिशा दिखाने और ज्ञान का भंडार भरने के बदले हम सब अपने गुरुजनों के प्रति सम्मान प्रदर्शित कर सकें। संघ में, जैसा कि इस पुस्तक में पहले ही बताया जा चुका है, भगवा ध्वज ही गुरु है। इसलिए स्वयंसेवक इस दिन भगवा ध्वज की पूजा करते हैं। यह पर्व आषाढ महीने या पूर्णमासी के दिन आयोजित किया जाता है। इस दिन को 'आषाढी पूर्णिमा' के नाम से भी जाना जाता है। स्वयंसेवक इस दिन सफेद कपड़े (प्रमुख तौर पर धोती-कुरता या कुरता-पाजामा) और संघ की काले रंग की टोपी पहनते हैं तथा भगवा ध्वज को पुष्प अर्पित करते हुए उसकी पूजा करते हैं। इस दौरान बौद्धिक चर्चा भी होती है, जिसमें गुरु की महत्ता बताई जाती है और स्वयंसेवकों को यह याद दिलाया जाता है कि संघ ने किसी व्यक्ति के बजाय भगवा ध्वज को ही गुरु क्यों चुना। इस पर्व के जरिए जो संदेश दिया जाता है, भले ही वह बहुत बारीक हो, लेकिन वह काफी उद्देश्यपूर्ण होता है। संदेश के अनुसार, विचारधारा किसी भी व्यक्ति से बड़ी है और

हिंदू परंपरा में गुरु का स्थान ईश्वर से भी उच्च माना जाता है। यह महोत्सव एक अवसर प्रदान करता है कि जीवन में सही दिशा दिखाने और ज्ञान का भंडार भरने के बदले हम सब अपने गुरुजनों के प्रति सम्मान प्रदर्शित कर सकें। संघ में, जैसा कि इस पुस्तक में पहले ही बताया जा चुका है, भगवा ध्वज ही गुरु है।

संघ कोई व्यक्ति-केंद्रित संगठन नहीं, बल्कि विचारधारा से प्रेरित संगठन है।

6. **रक्षाबंधन** : भारत में प्रचलित त्योहारों में यह भी सर्वाधिक महत्त्वपूर्ण है, जिसे हर समुदाय और धर्म में मनाते हुए देखा जा सकता है। इस दिन बहनें भाइयों की कलाई पर राखी बाँधती हैं और उनसे यह वचन लेती हैं कि वे उनकी रक्षा करेंगे। ऐतिहासिक स्तर पर भी इस त्योहार से जुड़ी ऐसी तमाम घटनाएँ हैं, जिनसे इस त्योहार की महत्ता का पता चलता है। संघ स्वयंसेवक रक्षाबंधन का पर्व मनाते हैं और वे एक-दूसरे की कलाई पर राखी बाँधकर यह वचन लेते और देते हैं कि वे एक-दूसरे की रक्षा करेंगे और आड़े वक्त में उनके साथ खड़े रहेंगे, हालात चाहे जो भी हों। इस प्रकार स्वयंसेवकों में भाईचारे की भावना विकसित और सुदृढ होती जाती है। संघ इस दिन को 'अधिकतम संख्या दिवस' के रूप में भी मनाता है। प्रयास यही होता है कि जो लोग शाखाओं में कभी-कभार गए हों, उन्हें भी उस दिन शाखा पर लाया जाए। इसके अलावा, नए स्वयंसेवकों के लिए भी यह दिन काफी प्रेरणादायी और आत्मविश्वास बढ़ानेवाला होता है। इस प्रकार संघ शाखाओं के पल्लवित और पोषित होने में इस दिन का काफी अहम योगदान होता है।

संघ स्वयंसेवक रक्षाबंधन का पर्व मनाते हैं और वे एक-दूसरे की कलाई पर राखी बाँधकर यह वचन लेते और देते हैं कि वे एक-दूसरे की रक्षा करेंगे और आड़े वक्त में उनके साथ खड़े रहेंगे, हालात चाहे जो भी हों। इस प्रकार स्वयंसेवकों में भाईचारे की भावना विकसित और सुदृढ होती जाती है।

स्थान, जहाँ शाखाएँ लगाई जाती हैं, इस दिन विशेष तौर पर सजी-धजी शाखाएँ नजर आती हैं और हर शाखा पर स्वयंसेवकों की संख्या सौ पार कर जाती है। इतने सारे लोगों के एक ही अवसर पर तमाम प्रकार के खेलों में हिस्सा लेने, देशभक्ति के गीत गाने और 'भारत माता की जय' के नारे लगाने के दौरान ऐसा माहौल उत्पन्न हो जाता है कि आसपास के क्षेत्र से आए लोग यह सब कौतूहल से देखने लगते हैं। शाखा शुरू होने के बाद पवित्र धागा सबसे पहले भगवा ध्वज को बाँधा जाता है और उसके बाद स्वयंसेवक उस धागे को एक-दूसरे को बाँधते हैं। पिछले कई दशकों से संघ ने इस कार्यक्रम को बेहद दिलचस्प तरीके से बढ़ाया है। एक-दूसरे को धागा बाँधने के बाद ये स्वयंसेवक आसपास की झुग्गी बस्तियों में जाते हैं और वहाँ रहनेवाले गरीबों तथा उनके परिवारों के सदस्यों को राखी बाँधते हैं।

□

[illegible]

[illegible]
[illegible]
[illegible]
[illegible]
[illegible]
[illegible]
[illegible]
[illegible]
[illegible]
[illegible]
[illegible]
[illegible]

प्रचारक

एक पूर्णकालिक कार्यकर्ता को संघ में 'प्रचारक' कहा जाता है। प्रचारक का जीवन ब्रह्मचर्य, समर्पण और निष्ठा पर आधारित होता है। सामान्यतया जो कार्यकर्ता संघ के तीन प्रशिक्षण शिविर, जिन्हें 'संघ शिक्षा वर्ग' के नाम से भी जाना जाता है, में शामिल होते हैं, उन्हें प्रचारक के रूप में नियुक्त कर दिया जाता है।

कुछ पूर्णकालिक कार्यकर्ताओं को संघ में विस्तारक के रूप में भी जाना जाता है। विस्तारक और प्रचारक के बीच महज इतना अंतर होता है कि विस्तारक द्वारा एक साल तक पूर्णकालिक कार्यकर्ता के रूप में बिताया जाता है, जबकि प्रचारक के पास एक साल के पूर्णकालिक कार्यकर्ता का अनुभव होता है।

वर्तमान में संघ में 4,000 के आसपास प्रचारक होंगे, जो कि संघ के तमाम प्रमुख संगठनों में कार्यरत हैं। प्रचारक विवाह नहीं करते। हालाँकि अपने कुछ ग्रामीण और जनजातीय इलाकों में समाज-सेवा के कार्यक्रमों में देखने में आया है कि संघ के प्रयोग के रूप में शादीशुदा लोगों ने पूर्णकालिक कार्यकर्ता के रूप में सफलतापूर्वक अपने दायित्वों का निर्वहन किया।

एक संघ प्रचारक द्वारा लिखे ब्लॉग पोस्ट (http://indiantake.blogspot.in/) में विस्तार से संघ प्रचारक के बारे में बताया गया है।

संघ प्रचारक

कार्य—

1. नई शाखाएँ शुरू करना।

2. वर्तमान शाखाओं में सुधार करना।

3. शाखाओं में नए लोगों को लाना।

4. संघ की विचारधारा (राष्ट्रीयता) को फैलाना।

वेतन—रुपए शून्य।

सुविधाएँ—

1. भोजन, कपड़े, शरण।

2. मूलभूत खर्च (साबुन, पेस्ट इत्यादि)।

3. यात्रा खर्च (बस, ट्रेन इत्यादि)।

जगह—भारत में कहीं भी।

अवधि—जब तक आप चाहें।

वैवाहिक स्थिति—अविवाहित।

संघ और इसके अनुषंगी संगठनों में वरिष्ठ पदस्थितियों पर सामान्यतया प्रचारकों को ही रखा जाता है। प्रचारकों की महत्ता इसी से आँकी जा सकती है कि देश के दो प्रधानमंत्री संघ प्रचारक रह चुके हैं, जिसमें से एक भारतीय जनता पार्टी के अटल बिहारी वाजपेयी और दूसरे नरेंद्र मोदी हैं। भाजपा की राज्य इकाई और राष्ट्रीय स्तर पर समस्त महत्त्वपूर्ण पदों पर संघ प्रचारकों की ही नियुक्ति होती है।

प्रचारक का जीवन चुनौतीपूर्ण होता है। उन्हें संघ कार्यालयों में ही रहना होता है और अत्यधिक यात्राएँ करनी पड़ती हैं, ताकि संघ की विचारधारा का ज्यादा-से-ज्यादा प्रचार-प्रसार हो सके, यहाँ तक कि वरिष्ठतम प्रचारक अपना यात्रा बिल मेहनत से तैयार करते हैं और उसका भुगतान कराते हैं। वे सबसे सस्ते माध्यम से सफर करते हैं और अपने साथ काफी कम सामान रखते हैं। वे सुबह सूरज उगने से पहले ही उठ जाते हैं और देर रात में सोने जाते हैं। इस दौरान वे संगठन के लिए कम-से-कम 16 से 20 घंटे रोजाना काम करते हैं। उन्हें मूलभूत भत्ता ही दिया जाता है, ताकि उन्हें दैनिक खर्च में दिक्कत न आए। यह भत्ता शहर के किसी किशोर के जेबखर्च के मुकाबले काफी कम होता है।

ज्यादातर प्रचारक चाहते हैं कि उन्हें स्वयंसेवकों के घरों में बनाया गया खाना ही खाने को मिले। इससे उन्हें ज्यादा संख्या में लोगों से जुड़ने का मौका मिलता है। ज्यादातर प्रचारक अपने जीवन के कुछ साल पूर्णकालिक कार्यकर्ता के रूप में बिताते हैं और उसके बाद वे सामान्य गृहस्थ जीवन में वापस लौट जाते हैं। वे शादी करते हैं, कहीं काम करके कमाना शुरू करते हैं या कोई व्यवसाय आरंभ करते हैं और संघ से जीवनपर्यंत जुड़े रहते हैं। किसी को रोका नहीं जाता, न फुसलाया या समझाया जाता। प्रचारक बनने का फैसला पूरी तरह कार्यकर्ताओं का होता है, जो कि उनकी स्वतंत्र इच्छा पर निर्भर करता है।

प्रचारक के सिद्धांत की जड़ें संघ के शुरुआती वर्षों में ही पड़ गई थीं—वर्ष 1925 में स्थापना के बाद। शुरुआत में डॉक्टर हेडगेवार केवल एकमात्र पूर्णकालिक कार्यकर्ता थे। वे अत्यधिक यात्राएँ करने के लिए जाने जाते थे। नई शाखाओं की शुरुआत से संघ की गतिविधियों को इसी प्रकार विस्तार मिला।

प्रचारक के सिद्धांत की जड़ें संघ के शुरुआती वर्षों में ही पड़ गई थीं—वर्ष 1925 में स्थापना के बाद। शुरुआत में डॉक्टर हेडगेवार केवल एकमात्र पूर्णकालिक कार्यकर्ता थे। वे अत्यधिक यात्राएँ करने के लिए जाने जाते थे। नई शाखाओं की शुरुआत से संघ की गतिविधियों को इसी प्रकार विस्तार मिला।

जैसे-जैसे संघ ने अपना विस्तार किया, अवसरानुसार डॉ. हेडगेवार के वरिष्ठ सहयोगियों ने भी क्षेत्रों व शाखाओं में घूमना शुरू किया और स्वयंसेवकों तथा समाज के अन्य लोगों से मेल-जोल बढ़ाया।

शुरुआत में कुछ महाविद्यालयों के छात्र, जो स्वयंसेवक बन गए

थे, को गरमी की छुट्टियों के दौरान विदर्भ और महाकौशल क्षेत्रों में भेजा जाता था। वे वहाँ चार से छह हफ्ते गुजारते और संघ शाखाएँ शुरू करते। उन्हें 'विस्तारक' कहा जाता था।

सन् 1932 तक 'प्रचारक' शब्द आधिकारिक रूप से संघ में प्रयोग नहीं किया जाता था। ज्यादातर स्वयंसेवक बहुत ज्यादा छोटे थे। उनमें से कुछ ही, जैसे बाबा साहब आप्टे और दादाराव परमार्थ ही थोड़ा ज्यादा उम्र के थे। आप्टे तो नागपुर की एक बीमा कंपनी में काम भी करते थे। परमार्थ की अंग्रेजी भाषा पर जबरदस्त पकड़ थी और वे बहुत प्रेरणादायी भाषण दिया करते थे। संघ ने शुरुआत में वर्धा और भंडारा में शाखाओं का विस्तार किया।

दक्ष स्वयंसेवकों की माँग बढ़ती जा रही थी, जो नई शाखाओं के बनाने के दौरान कुछ दिनों के लिए वहाँ मौजूद रह सकें। डॉ. हेडगेवार खुद लंबी-लंबी यात्राएँ करते और ज्यादातर जगहों पर खुद ही काम देखते और जरूरी निर्देश भी देते; लेकिन संघ के तेजी से विस्तार को देखते हुए उनके लिए यह कठिन हो गया कि वे हर जगह पहुँच सकें। कुछ वरिष्ठ स्वयंसेवकों ने नई शाखाओं का दौरा कर वहाँ स्थिति सँभालने का प्रयास किया। वे वहाँ कुछ दिन रुकते और फिर वापस नागपुर आ जाते।

दक्ष स्वयंसेवकों की माँग बढ़ती जा रही थी, जो नई शाखाओं के बनाने के दौरान कुछ दिनों के लिए वहाँ मौजूद रह सकें। डॉ. हेडगेवार खुद लंबी-लंबी यात्राएँ करते और ज्यादातर जगहों पर खुद ही काम देखते और जरूरी निर्देश भी देते; लेकिन संघ के तेजी से विस्तार को देखते हुए उनके लिए यह कठिन हो गया कि वे हर जगह पहुँच सकें।

डॉ. हेडगेवार को गाँवों, कस्बों और शहरों से अकसर चिट्ठियाँ मिलती थीं, जिनमें तमाम लोग अपने पैतृक स्थानों पर उनसे नई शाखाएँ खोलने की अपील करते थे। वे चाहते थे कि कोई अनुभवी व्यक्ति आकर शाखा स्थापित करने के लिए शुरुआती प्रक्रिया पूरी कर दे। उन लोगों की ओर से उन्हें आश्वस्त किया जाता कि नई शाखा की शुरुआत के लिए आनेवाले लोगों की मूलभूत जरूरतों का खयाल रखा जाएगा; जैसे कि खाना, कपड़ा, रहने को जगह आदि की व्यवस्था कर दी जाएगी और आनेवाले का भी पूरा खयाल रखा जाएगा।

इस प्रकार पूर्णकालिक संघ कार्यकर्ताओं की जरूरत पर खासी चर्चा शुरू हो गई और डॉ. हेडगेवार तथा कुछ अन्य स्वयंसेवकों ने भी इस पर गंभीरता से विचार करना शुरू किया। सन् 1932 तक वरिष्ठ संघ कार्यकर्ता दादाराव परमार्थ, बाबासाहेब आप्टे, राम्‌भाऊ जमगदे और गोपाल राव येकुंतवार ने संघ के प्रसार के लिए खुद पूर्णकालिक संघ कार्यकर्ता के रूप में काम करने की इच्छा जताई।

वर्ष 1932 के उत्तरार्द्ध में वे लोग पूर्णकालिक कार्यकर्ता बन गए और उन्हें महाराष्ट्र के भिन्न-भिन्न इलाकों में संघ का काम आगे बढ़ाने की जिम्मेदारी दे दी गई। परमार्थ को पुणे भेजा गया, येकुंतवार को साँगली और जमगदे को यवतमाल का प्रभार सौंपा गया।

वर्ष 1932 के उत्तरार्द्ध में वे लोग पूर्णकालिक कार्यकर्ता बन गए और उन्हें महाराष्ट्र के भिन्न-भिन्न इलाकों में संघ का काम आगे बढ़ाने की जिम्मेदारी दे दी गई। परमार्थ को पुणे भेजा गया, येकुंतवार को साँगली और जमगदे को यवतमाल का प्रभार सौंपा गया। वे लोग संघ प्रचारक के तौर पर पहले बैच के सदस्य माने जाते हैं और डॉ. हेडगेवार ने संघ कार्यकर्ता की इस परंपरा को शुरू

करने के लिए आयोजित एक छोटे से समारोह में अत्यंत भावुक भाषण भी दिया था। आनेवाले वर्षों में संघ प्रचारक बनने की कठिन परंपरा बहुत से युवाओं और प्रतिभाशाली लोगों को आकर्षित करने लगी।

वर्ष 1930 में संघ का काम देश के अन्य हिस्सों में भी फैलने लगा और प्रचारकों ने बहुत ही महत्त्वपूर्ण भूमिका अदा की। सन् 1937 तक महाराष्ट्र के तमाम हिस्सों में स्वयंसेवकों ने मध्य प्रदेश के महाकौशल और उत्तर प्रदेश के बनारस (वाराणसी) में भी शाखाओं में पहुँचना शुरू कर दिया था।

वर्ष 1930 में संघ का काम देश के अन्य हिस्सों में भी फैलने लगा और प्रचारकों ने बहुत ही महत्त्वपूर्ण भूमिका अदा की। सन् 1937 तक महाराष्ट्र के तमाम हिस्सों में स्वयंसेवकों ने मध्य प्रदेश के महाकौशल और उत्तर प्रदेश के बनारस (वाराणसी) में भी शाखाओं में पहुँचना शुरू कर दिया था।

इस समय तक संघ का काम पंजाब, दिल्ली और देश के अन्य हिस्सों में भी फैलाने की जरूरत महसूस होने लगी। इस जरूरत को पूरा करने के लिए डॉ. हेडगेवार ने बहुत ही खास और अत्यंत प्रभावी रणनीति तैयार की। नागपुर में जो नौजवान स्वयंसेवक शहर से बाहर जाकर उच्च शिक्षा हासिल करना चाहते थे, उन्हें प्रेरित करके उन क्षेत्रों में भेजा गया और उनसे कहा गया कि वे वहाँ नई शाखाएँ स्थापित करें। पढ़ाई के साथ-साथ वे संघ का भी काम कर सकते थे। अत: एक सुविचारित रणनीति के तहत भाऊराव देवरस (तीसरे सरसंघचालक बालासाहब देवरस के भाई) को उत्तर प्रदेश के लखनऊ भेजा गया, ताकि वे वहाँ से बी.कॉम. और एल-एल.बी. की पढ़ाई कर सकें। कृष्णा जोशी को उच्च शिक्षा के लिए सियालकोट (तत्कालीन अविभाजित पंजाब) भेजा गया, जबकि दिगंबर

पातुरकर को लाहौर (तत्कालीन अविभाजित पंजाब) और मोरेश्वर मुंजे को रावलपिंडी रवाना किया गया।

इस दौरान कॉलेज छात्रों का एक और समूह प्रचारक बनने के लिए तैयार हो गया और नागपुर में अपनी कॉलेज शिक्षा खत्म करते ही उन्होंने इसके लिए आवेदन करना शुरू कर दिया। इस समूह में वसंतराव ओक भी शामिल थे, जो दिल्ली गए और बापूराव दिवाकर, नरहरि पारखी और मुकुंदराव मुंजू क्रमशः बिहार के पटना, दानापुर एवं मुंगेर भेजे गए। नारायण तर्टे को ग्वालियर (मध्य प्रदेश) की कमान सौंपी गई।

एक प्रचारक श्री नारायणराव तर्टे नागपुर से शाखा आरंभ करने पहुँचे थे। वास्तव में वे अद्‌भुत व्यक्ति थे; बहुत साधारण व्यक्ति, एक विचारक और विशेषज्ञ रणनीतिकार थे। आज मैं जो कुछ भी हूँ, श्री तर्टे के कारण हूँ। उनके बाद मैं दीनदयाल उपाध्याय और भाऊराव देवरस से प्रेरित हुआ।

तर्टे ने ग्वालियर के एक किशोर को इतना प्रभावित किया कि वह आगे चलकर देश के प्रधानमंत्री के पद तक जा पहुँचा। देश के पहले स्वयंसेवक के रूप में प्रधानमंत्री की कुरसी सुशोभित करनेवाले अटल बिहारी वाजपेयी ने याद करते हुए कहा, "एक प्रचारक श्री नारायणराव तर्टे नागपुर से शाखा आरंभ करने पहुँचे थे। वास्तव में वे अद्‌भुत व्यक्ति थे; बहुत साधारण व्यक्ति, एक विचारक और विशेषज्ञ रणनीतिकार थे। आज मैं जो कुछ भी हूँ, श्री तर्टे के कारण हूँ। उनके बाद मैं दीनदयाल उपाध्याय और भाऊराव देवरस से प्रेरित हुआ।" वाजपेयी स्वयं संघ प्रचारकों से इतने प्रभावित हुए कि अपने शुरुआती वर्षों में उन्होंने अपनी पढ़ाई छोड़ दी और वर्ष 1947 में संघ प्रचारक बन गए।

सन् 1938 में एकनाथ रानाडे प्रचारक बने। आज जिस विवेकानंद रॉक मेमोरियल और विवेकानंद केंद्र के बारे में हम जानते हैं, वह उन्हीं के सद्प्रयास का परिणाम है। उन्होंने इसके लिए काफी परिश्रम किया था। उनका जन्मशती वर्ष सन् 2014 में मनाया गया। नई दिल्ली में नवंबर 2014 में एक कार्यक्रम में प्रधानमंत्री नरेंद्र मोदी ने रानाडे को श्रद्धांजलि अर्पित की। रानाडे अपने जीवनकाल में ही महान् विभूति बन गए थे। उन्होंने विवेकानंद रॉक मेमोरियल की स्थापना के लिए अथक प्रयास किया और इसके लिए उन्होंने लाखों भारतीयों से एक-एक रुपए चंदा लेकर धन इकट्ठा किया और राष्ट्र-निर्माण के कार्य से उन लाखों लोगों को जोड़ा।

उन्हें श्रद्धांजलि अर्पित करते हुए नरेंद्र भाई मोदी ने कहा, ''मेरी किस्मत अच्छी थी कि मैंने उनकी उँगली पकड़कर सबकुछ सीखा। उन्होंने कभी भी श्रेष्ठतम से कम पर समझौता नहीं किया। संघ की तरफ से हममें से ऐसा कोई भी नहीं था, जो उनकी तरह श्रेष्ठ बन सका।''

उन्हें श्रद्धांजलि अर्पित करते हुए नरेंद्र भाई मोदी ने कहा, ''मेरी किस्मत अच्छी थी कि मैंने उनकी उँगली पकड़कर सबकुछ सीखा। उन्होंने कभी भी श्रेष्ठतम से कम पर समझौता नहीं किया। संघ की तरफ से हममें से ऐसा कोई भी नहीं था, जो उनकी तरह श्रेष्ठ बन सका।''

मोदी आगे बोले, ''मुझे उन चर्चाओं में शामिल होने का अवसर मिला, जो प्रतिमा के पास की जाती थीं। एकनाथजी प्रतिमा की दिशा को लेकर बेहद सतर्क थे और यह तय करना चाहते थे कि विवेकानंद का चेहरा किस ओर रहेगा और कौन सा दृश्य उनकी आँखों के समक्ष होना चाहिए। उन्होंने सुनिश्चित किया कि चट्टानें मजबूत हों, उनमें क्षरण

न होने पाए और प्रतिमा को रसायन के लेप से सुरक्षित रखा जाए। मैंने योजना बनाना और आगे देखने की कला उनसे ही सीखी।'' जबलपुर से स्नातकोत्तर पूरा करने के बाद रानाडे ने सन् 1938 में प्रचारक की भूमिका ग्रहण की थी। मोदी उनके सदाचारी जीवन के साक्षात् गवाह है। वे कहते हैं, ''वे युवाओं को प्रेरित करते हुए कहा करते थे कि स्वामी विवेकानंद से प्रेरित होना ही काफी नहीं है, हमें उनकी तरह जीना भी चाहिए। उन्होंने लाखों रुपए लगाकर उनका मेमोरियल तैयार कराया, लेकिन खुद एक छोटे से कमरे में ही अपनी पूरी उम्र गुजारी। उस कमरे की छत टिन की बनी हुई थी। एकनाथजी हमेशा भविष्य को ध्यान में रखकर और बहुत ही सामान्य तरीके से काम करते थे। उनका विश्वास था कि हर काम में जनता की भागीदारी होनी चाहिए।''

वे युवाओं को प्रेरित करते हुए कहा करते थे कि स्वामी विवेकानंद से प्रेरित होना ही काफी नहीं है, हमें उनकी तरह जीना भी चाहिए। उन्होंने लाखों रुपए लगाकर उनका मेमोरियल तैयार कराया, लेकिन खुद एक छोटे से कमरे में ही अपनी पूरी उम्र गुजारी। उस कमरे की छत टिन की बनी हुई थी।

सन् 1939 में विट्ठलराव पातकी प्रचारक बनाकर कलकत्ता भेजे गए। संघ ने देश के दक्षिणी हिस्से में भी अपनी पहुँच बढ़ानी शुरू कर दी थी, जिसके लिए जनार्दन चिंचलकर को शाखा शुरू करने के लिए मद्रास (अब चेन्नई) भेजा गया।

इस देश के सामाजिक, आर्थिक और राजनीतिक-हालात पर अपनी अहम छाप छोड़नेवाले प्रचारकों की लगभग अंतहीन सूची है। अगर कुछ का नाम लिया जाए तो उनमें पं. दीनदयाल उपाध्याय, जिन्होंने एकीकृत मानवता का सिद्धांत प्रतिपादित किया, जो आगे चलकर

भाजपा का वैचारिक आधार भी बना; दत्तोपंत ठेंगड़ी—एक उच्चकोटि के व्यवस्थापक, प्रतिभाशाली रणनीतिकार और मेधावी विचारक थे, जिन्होंने देश के सबसे बड़े श्रमिक संगठन 'भारतीय मजदूर संघ' की स्थापना की; नानाजी देशमुख—जिन्होंने जयप्रकाश नारायण के नेतृत्व में गठबंधन तैयार करने और सन् 1977 में जनता पार्टी सरकार को एक स्वरूप देने में केंद्रीय भूमिका निभाई। आगे चलकर उन्होंने दीनदयाल शोध संस्थान की स्थापना की और ग्रामीण इलाकों में कुछ इस तरह के कामों के क्षेत्र की खोज की, जिससे उन इलाकों में रहनेवालों का समग्र विकास हो और इस तरह से सफलता के नए मॉडल उपस्थित किए। भाजपा के राजनीतिक नेताओं का समूह संघ प्रचारक के रूप में पूरी परंपरा का निर्वहन करता है, जिसमें वर्तमान प्रधानमंत्री नरेंद्र मोदी भी शामिल हैं। संघ का सर्वोच्च चमकदार सदस्य और लगभग समस्त प्रमुख संगठन संघ प्रचारक की पवित्र परंपरा का निर्वहन करते हैं।

ज्यादातर संघ प्रचारक संगठन और समाज के लिए अंतिम साँस तक काम करते हैं। बहुत से ऐसे हैं, जो कि उम्रदराज होने की वजह से बीमार रहते हैं या चल-फिर नहीं पाते। उनके इलाज से लेकर अंतिम क्रिया तक की देखभाल संघ पूरी जिम्मेदारी के साथ करता है। उन्हें

पूरे सम्मान के साथ रखा जाता है और उनसे संबंधित सारे कार्य उनके संपर्क में रहकर स्वयंसेवक खुद करते हैं। ऐसा तभी संभव हो सकता है, जबकि 'एक परिवार' वाली भावना को स्वयंसेवकों ने आत्मसात् कर लिया हो। इस प्रकार बुजुर्ग प्रचारक भले ही सक्रिय रूप से काम नहीं करते, लेकिन उनकी देखभाल परिवार के बुजुर्ग सदस्य की तरह ही की जाती है।

□

प्रशिक्षण शिविर, संघ शिक्षा वर्ग

राष्ट्रीय स्वयंसेवक संघ अपने संगठन को मजबूत करने के लिए तमाम तरह के प्रशिक्षण शिविर चलाता है। इन शिविरों को मुख्यतः चार श्रेणियों में बाँटा जा सकता है—

1. संघ शिक्षा वर्ग—प्रथम वर्ष,
2. संघ शिक्षा वर्ग—द्वितीय वर्ष,
3. संघ शिक्षा वर्ग—तृतीय वर्ष,
4. शीत शिविर (शीतकालीन शिविर)।

प्रशिक्षण शिविर दिन में प्रायः प्रातः 4 बजे शुरू होता है और रात के 10 बजे तक चलता है। सुबह और शाम शारीरिक व्यायाम कराया जाता है। दोपहर और देर शाम को कुछ घंटे वैचारिक मुद्दों तथा बौद्धिक परिप्रेक्ष्य में, समसामयिक विषयों पर बौद्धिक संवाद और चर्चाओं का क्रम चलता है।

शिविरों में बिना मसालों का शाकाहारी भोजन परोसा जाता है। इसे स्वयंसेवक ही तैयार करते और परोसते हैं। शिविरों की शुरुआत और समापन शानदार तरीके से होता है। हर गतिविधि पूर्व नियोजित होती है और अनुशासन का पूरा पालन किया जाता है। ये शिविर आवासीय प्रकृति के होते हैं और स्वयंसेवकों को वहीं डोरमेटरी में सोना होता है।

शिविरों गें पहले और दूसरे साल के अलावा शीतकालीन शिविर भी प्रांतीय और कभी-कभी जिला स्तर पर भी आयोजित किए जाते हैं।

तीसरे साल का शिविर संघ मुख्यालय (नागपुर) में आयोजित किया जाता है; जो ज्यादा गंभीर प्रकृति का होता है और इसमें पूरे देश से चुनिंदा स्वयंसेवक ही शामिल हो पाते हैं। यह तीस दिन का होता है, जो कि महाराष्ट्र के नागपुर की तपिश में आयोजित किया जाता है। इस शिविर में वे ही स्वयंसेवक हिस्सा ले सकते हैं, जिन्होंने पहले और दूसरे साल के शिविर में हिस्सा ले रखा हो। सामान्य तौर पर 16 साल से ऊपर की उम्र के युवाओं को पहले और दूसरे साल के शिविरों में शामिल होने का मौका मिलता है; जबकि तीसरे साल के शिविर में सामान्य तौर पर 18 साल से ऊपर के युवा शामिल होते हैं। बड़ी संख्या में स्वयंसेवक, जो तीसरे साल के शिविर में सम्मिलित होते हैं, उन्हें प्रचारक के तौर पर चुन लिया जाता है; हालाँकि यह जरूरी नहीं है कि तीसरे साल के शिविर में प्रशिक्षित होनेवाले हर स्वयंसेवक को प्रचारक बना दिया जाए।

शिविर में सम्मिलित हो रहे समस्त प्रशिक्षुओं से मामूली शुल्क लिया जाता है, जिससे शिविर के खर्चे पूरे होते हैं।

बंगलौर में सन् 2014 में आयोजित अखिल भारतीय प्रतिनिधि सभा में रखी गई वार्षिक प्रगति रिपोर्ट के अनुसार—

''सन् 2013-2014 के दौरान देश भर में 48 प्रथम वर्ष के समान संघ शिक्षा वर्ग, 6 प्रथम वर्ष विशेष संघ शिक्षा वर्ग, 12 द्वितीय वर्ष संघ शिक्षा वर्ग, एक सामान्य तृतीय वर्ष संघ शिक्षा वर्ग, एक तृतीय वर्ष का विशेष संघ शिक्षा वर्ग आयोजित किए गए, जिन्हें मिलाकर कुल वर्गों की संख्या 68 बैठती है। प्रथम वर्ष के सामान्य वर्ग में 6,759 जगहों से कुल 10,435 स्वयंसेवकों ने हिस्सा लिया और देश भर के 286 स्थानों से प्रथम वर्ष के 386 विशेष स्वयंसेवकों ने प्रशिक्षु के रूप में हिस्सा लिया तथा तृतीय वर्ष के सामान्य वर्ग में 565 स्थानों से 607 स्वयंसेवक और तृतीय वर्ष के विशेष वर्ग के 360 स्वयंसेवकों ने बतौर प्रशिक्षु हिस्सा लिया।''

संघ का पहला प्रशिक्षण शिविर नागपुर में सन् 1929 में आयोजित किया गया था। यह शिविर 1 मई से 10 जून के बीच 40 दिनों तक चला था। शुरू में इन शिविरों को 'ग्रीष्म शिविर' कहा जाता था, क्योंकि इन्हें गरमियों में आयोजित किया जाता था। इन शिविरों को वर्ष 1950 के बाद 'संघ शिक्षा वर्ग' के नाम से जाना जाने लगा।

संघ का प्रशिक्षण पाठ्यक्रम धीरे-धीरे विकसित हुआ। संघ के शुरुआती वर्षों में प्रशिक्षण का अधिकतर लक्ष्य 'मार्च पास्ट' और अन्य

सैन्य गतिविधियों पर होता था। काफी संख्या में आदेश अंग्रेजी भाषा में दिए जाते थे।

नागपुर से संघ के वरिष्ठ कार्यकर्ता बी.एन. वरदपांडे ने अपनी पुस्तक 'संघ कार्य-पद्धति का विकास' में लिखा है—"एक बार बैठक में इस विषय पर चर्चा हुई कि ग्रीष्म शिविरों को किस नाम से पुकारा जाए। किसी ने सलाह दी कि इसे 'प्रशिक्षण कक्षा' कहा जाए। एक अन्य स्वयंसेवक ने इसमें जोड़ा कि चूँकि इन शिविरों का उद्देश्य संघ शाखाओं के विस्तार से जुड़ा है, इसलिए इसे संघ प्रशिक्षण कक्षा कहना उचित होगा। डॉ. हेडगेवार ने कहा कि चूँकि ये शिविर संघ के लिए कार्यकर्ता तैयार करने के लिए आयोजित किए जाते हैं, जो इस संगठन के लिए सबसे ज्यादा समय दे सकते हैं, इसलिए इसे अधिकारी प्रशिक्षण शिविर (ओ.टी.सी.) कहा जाना चाहिए।"

संघ के प्रशिक्षण शिविरों में आज भी 'ओ.टी.सी.' काफी प्रचलित शब्द बन चुका है; हालाँकि यह संघ शिविर का आधिकारिक नाम नहीं है। संघ के दूसरे प्रमुख श्रीगुरुजी ने इन शिविरों का दोबारा नामकरण किया और नया नाम मिला—'संघ शिक्षा वर्ग'।

सन् 1937 तक संघ के शिविरों में शनिवार शाम और रविवार को मनोरंजन के भी कार्यक्रम हुआ करते थे, जिनकी वजह से शाखा के दैनिक कार्यक्रम भी प्रभावित होते थे। सन् 1938 में इस प्रक्रिया को घटाकर आधा कर दिया गया, क्योंकि ऐसा महसूस किया जाने लगा था कि इससे प्रशिक्षण कार्यक्रम प्रभावित हो रहा है। आगे चलकर शिविरों के दिन भी 40 से घटाकर 30 कर दिए गए।

सन् 1934 तक संघ के शिविर नागपुर में ही आयोजित हुआ करते थे। दूसरे और तीसरे साल के शिविर पुणे में सन् 1935 में आयोजित हुए। सन् 1938 में पहले और दूसरे वर्ष का शिविर लाहौर में शुरू किया गया।

संघ के प्रशिक्षण शिविरों से जुड़ी तमाम दिलचस्प बातें हैं, जहाँ जाति, समुदाय और वर्ग से कोई लेना-देना नहीं होता था। सारे प्रशिक्षुओं से एक समान व्यवहार किया जाता था। किसी तरह का भेदभाव आज भी नहीं है। यह आज देखने में भले ही सामान्य सा लगे, लेकिन उन शुरुआती दिनों में यह विलक्षण कदम माना जाता था कि सारे प्रशिक्षु एक साथ रहते थे और एक साथ भाइयों की तरह भोजन करते थे।

सन् 1934 में महात्मा गांधी ने वर्धा में आयोजित एक संघ शिक्षा वर्ग का दौरा किया था। 16 सितंबर, 1947 को संघ कार्यकर्ताओं को संबोधित करते हुए उन्होंने कहा था, ''मैं एक साल पूर्व संघ के शिविर में गया था, जब संस्थापक श्री हेडगेवार जीवित थे। मैं आपके अनुशासन से बेहद प्रभावित हुआ था। आपके शिविर में छुआछूत की भावना का

नामोनिशान नहीं था और आप में अत्यधिक सरलता मैंने पाई थी। तब से संघ ने काफी विकास किया है। मैं इस बात से सहमत हूँ कि अगर कोई संगठन सेवा और बलिदान के उच्च मानदंडों से प्रभावित करता है तो उसे मजबूती के लिए विकास करना ही है।''

डॉ. भीमराव अंबेडकर ने सन् 1939 में पुणे में संघ शिक्षा वर्ग का दौरा किया था। उन्होंने डॉ. हेडगेवार से पूछा भी था कि 'क्या शिविर में अछूत भी हैं' तो संघ संस्थापक ने जवाब दिया कि 'यहाँ न तो छूत हैं और न ही अछूत, केवल हिंदू हैं।' डॉ. अंबेडकर ने कहा, ''मैं आश्चर्यचकित हूँ कि स्वयंसेवकों में अद्भुत स्तर की समानता और भाईचारा है। यहाँ कोई यह भी जानने की कोशिश नहीं करता कि कौन किस जाति से जुड़ा है।''

अग्रणी स्वतंत्रता सेनानी जयप्रकाश नारायण विख्यात समाजवादी भी थे, उन्होंने सन् 1970 में लोकतंत्र के लिए ऐतिहासिक आंदोलन चलाया था। उन्होंने पटना में सन् 1977 में संघ के प्रशिक्षण शिविर में भाषण दिया था।

पहला शीतकालीन शिविर सन् 1928 में नागपुर के निकट सोनेगाँव हवाई अड्डे के पास आयोजित किया गया था। यह खुले क्षेत्र में लगाया गया था। इसे संघ द्वारा आयोजित पहला शिविर भी कहा जा सकता है। यह सामान्यतः छोटी अवधि, मात्र एक हफ्ते के लिए आयोजित किया जाता था। इन शिविरों को ठंड के मौसम में ही आयोजित किया जाता था। 16 साल की उम्र से कम के स्वयंसेवक भी इन शिविरों में हिस्सा ले सकते थे। दैनिक क्रिया में कोई बदलाव नहीं किया जाता था। सुबह 4 बजे उठना और रात 10 बजे सोना होता था। इन शिविरों को सामान्यतः दिसंबर की छुट्टियों के दौरान आयोजित किया जाता था।

पहला शीतकालीन शिविर सन् 1928 में नागपुर के निकट सोनेगाँव हवाई अड्डे के पास आयोजित किया गया था। यह खुले क्षेत्र में लगाया गया था। इसे संघ द्वारा आयोजित पहला शिविर भी कहा जा सकता है। यह सामान्यतः छोटी अवधि, मात्र एक हफ्ते के लिए आयोजित किया जाता था।

सख्त दिनचर्या में किसी को भी किसी प्रकार की छूट नहीं दी जाती और न ही कोई शिविर छोड़ने का किसी तरह का बहाना बना सकता है। समस्त स्वयंसेवकों को भाईचारे के सशक्त जुड़ाव और बेहतर वैचारिक परिवेश में रखा जाता है, जिसके साथ उनके अंदर इस कदर आत्मविश्वास भर जाता है कि वे स्वयं को भौतिक रूप से ताकतवर महसूस करते हैं। इन शिविरों का उद्देश्य ही एक चरित्रवान् व्यक्ति तैयार करना होता है, जो किसी भी विपरीत परिस्थिति में शारीरिक दक्षता और मानसिक सुदृढता प्रदर्शित कर सके।

संघ प्रशिक्षण शिविरों के दौरान स्वयंसेवकों को जमीन पर सोना होता है; अपनी निजी चीजें ताले और चाभी से लैस करके नहीं रखनी

होतीं, बल्कि शिविर स्थल की सुरक्षा की देखभाल का जिम्मा भी स्वयंसेवकों पर ही होता है, जो चौबीस घंटे सतर्कता बरतते हैं। आसपास के इलाकों के वरिष्ठ स्वयंसेवकों पर तमाम तरह की अन्य व्यवस्थाओं का जिम्मा होता है और ये शिविर आमतौर पर किसी विद्यालय या महाविद्यालय की इमारतों में ही आयोजित किए जाते हैं। संघ से संबद्ध संगठन अब हजारों शैक्षिक संस्थान संचालित करते हैं, इसलिए संघ शिविरों के लिए जगह आसानी से उपलब्ध हो जाती है।

इन शिविरों में हिस्सा लेने की अनुमति हर किसी को नहीं होती। प्रशिक्षुओं का चयन शाखा स्तर पर किया जाता है और संघ के वरिष्ठ कार्यकर्ताओं पर यह जिम्मेदारी होती है कि वे संघ के कार्यों के लिए समर्पित क्षमतावान स्वयंसेवकों का चयन करें। इसके बाद उन्हें शिविरों में हिस्सा लेने के लिए प्रेरित और उत्साहित करने की जिम्मेदारी भी वरिष्ठों पर ही होती है। शिविरों में हिस्सा लेने के लिए उन पर किसी तरह का दबाव नहीं होता; लेकिन बड़ी संख्या में स्वयंसेवक इन शिविरों में हिस्सा लेने के लिए उत्साहित रहते हैं और जब वे शिविरों से लौटते हैं तो उनमें वैचारिक जिजीविषा का संचार हो चुका होता है; वे उद्देश्यपरक कार्य के लिए पूरी तरह तैयार हो चुके होते हैं।

इन शिविरों में हिस्सा लेने की अनुमति हर किसी को नहीं होती। प्रशिक्षुओं का चयन शाखा स्तर पर किया जाता है और संघ के वरिष्ठ कार्यकर्ताओं पर यह जिम्मेदारी होती है कि वे संघ के कार्यों के लिए समर्पित क्षमतावान स्वयंसेवकों का चयन करें। इसके बाद उन्हें शिविरों में हिस्सा लेने के लिए प्रेरित और उत्साहित करने की जिम्मेदारी भी वरिष्ठों पर ही होती है।

संघ के नाम कुछ विशाल शिविर आयोजित करने की भी उपलब्धि दर्ज है। सन् 1988 में संघ द्वारा कर्नाटक में 22 हजार स्वयंसेवकों के लिए शिविर आयोजित किया गया था, जबकि 35 हजार से ज्यादा स्वयंसेवक पुणे के तालजाई प्रशिक्षण शिविर में हिस्सा ले चुके थे।

इन शिविरों का प्रमुख उद्देश्य संघ के विचारकों और बड़े वरिष्ठ नेताओं से स्वयंसेवकों को रूबरू कराना है, ताकि देश के तमाम राज्यों, जिलों से एक स्थान पर एकत्र हुए स्वयंसेवकों को एक समान संदेश मिल सके। संघ के वरिष्ठ कार्यकर्ताओं से स्वयंसेवकों के सीधे जुड़ाव का यह सबसे प्रभावी तरीका है। संघ के प्रशिक्षण शिविरों में किसी प्रकार की राजनीतिक चर्चा नहीं होती। पूरा ध्यान विचारों, शारीरिक दक्षता, चरित्र-निर्माण, संगठन कार्य और प्रमुख राष्ट्रीय चुनौतियों पर केंद्रित होता है।

□

प्रार्थना

संघ की शाखाओं में सबसे अंत में प्रार्थना की जाती है, जो समस्त स्वयंसेवकों के लिए अनिवार्य होती है। स्वयंसेवक कतारों में ध्यान एकाग्र कर खड़े हो जाते हैं और एक स्वयंसेवक प्रार्थना बोलता है, जिसे सभी स्वयंसेवकों को दोहराना होता है। इस दौरान उनका दायाँ हाथ उसी अवस्था में होता है, जिस अवस्था में वे शाखा में प्रवेश करते हैं; साथ ही उनका सिर भगवा झंडे के आगे झुका होता है। दाईं हथेली जमीन के समानांतर होनी चाहिए और अँगूठा छाती के मध्य होना चाहिए।

दैनिक शाखा के साथ संघ के समस्त कार्यक्रम सामान्य रूप से संघ प्रार्थना के साथ समाप्त होते हैं। स्वयंसेवकों को यह प्रार्थना अच्छी तरह कंठाग्र रहती है। संघ प्रार्थना संस्कृत भाषा में है और स्वयंसेवक इसे अति पवित्र मानते हैं। इसमें देश और मातृभूमि के प्रति विशेष आदर-भाव दरशाया गया है। इस प्रार्थना को रोज-रोज दोहराने का मतलब स्वयंसेवकों में राष्ट्रीयता की भावना को विकसित करना है। प्रार्थना और उसका अर्थ इस प्रकार है—

नमस्ते सदा वत्सले मातृभूमे
त्वया हिन्दुभूमे सुखं वर्धितोहम्।
महामङ्गले पुण्यभूमे त्वदर्थे
पतत्वेषकायो नमस्ते नमस्ते ॥1॥

प्रभो शक्तिमन् हिन्दुराष्ट्राङ्गभूता
इमे सादरं त्वां नमामो वयम्।

त्वदीयाय कार्याय बद्धा कटीयम्
शुभामाशिषं देहि तत्पूर्तये।

अजय्यां च विश्वस्य देहीश
शक्तिं सुशीलं जगद्येन नमं भवेत्
श्रुतं चैव यत्कष्टकाकीर्ण मार्गं
स्वयं स्वीकृतं नः सुगं कार्ययेत॥2॥

समुत्कर्ष निःश्रेयस्यैकमुग्रं
परं साधनं नाम वीरव्रतम्
तदन्तः स्फुरत्वक्षया ध्येयनिष्ठा
हृदन्तः प्रजागर्तु तीवानिशम्॥

विजेत्री च नः संहता कार्यशक्तिर
विधायास्य धर्मस्य संरक्षणम्
परं वैभवं नेतुमेतत् स्वराष्ट्रं
समर्था भवत्वाशिषा ते भृषम्॥3॥

भारत माता की जय!

हालाँकि अंग्रेजी में संघ की प्रार्थना के तमाम भावार्थ निकाले जा सकते हैं, लेकिन सर्वाधिक उपयुक्त भावार्थ संघ के द्वितीय सरसंघचालक माधव सदाशिवराव गोलवलकर ने दिया है। श्रीगुरुजी द्वारा संघ प्रार्थना का भावार्थ निम्नलिखित है—

''हे प्रिय मातृभूमि! मैं हमेशा तेरे आगे नतमस्तक हूँ। हम हिंदुओं की मातृभूमि, आपने मुझे खुशी दी है। मेरी कामना है कि मेरा जीवन इस महान् और पुण्य पवित्र भूमि के काम आए। मैं आपको नित-नित शीश झुकाता हूँ।

"हे सर्वशक्तिमान ईश्वर! हम हिंदू राष्ट्र के बच्चे आपके सामने श्रद्धा से शीश नवाते हैं। वह जिम्मेदारी उठाने के लिए हमने कमर कस रखी है। हमें आशीर्वाद दें कि हम वह उद्देश्य प्राप्त कर सकें। हे प्रभु!

हमें इतनी शक्ति देना कि इस धरती पर कोई हमें चुनौती न दे सके। चरित्र की शुद्धता इस कदर देना कि हम पूरी दुनिया का सम्मान कर सकें और इतना ज्ञान प्रदान करना कि जो काँटों भरी राह हमने स्वेच्छा से चुनी है, वह सहज लगने लगे।

''हम शौर्य की भावनाओं से इतने ओत-प्रोत हो जाएँ कि अध्यात्म का उच्चतम शुभाशीष पाना ही हमारा एकमात्र उद्‍देश्य हो। हमारे दिलों में हमारे आदर्श पुरुषों के प्रति गंभीर और अंतहीन आदरभाव रहे। धर्म की रक्षा करने में ही हमारी सारी ऊर्जा लगे और ईश्वर की कृपा से हम अपने राष्ट्र को गरिमा के उच्चतम बिंदु तक ले जाने में अग्रदूत बनें।''

संघ की प्रार्थना का उद्‍गम समझना इस दृष्टि से अच्छा है कि इससे यह पता चलता है कि संघ का विकास इसके स्वयंसेवकों की सक्रिय भागीदारी से ही संभव हुआ है। संघ अपनी परंपरा के प्रति कट्‍टर नहीं है, बल्कि वह समय के साथ बदलना भी जानता है।

संघ की प्रार्थना का उद्‍गम समझना इस दृष्टि से अच्छा है कि इससे यह पता चलता है कि संघ का विकास इसके स्वयंसेवकों की सक्रिय भागीदारी से ही संभव हुआ है। संघ अपनी परंपरा के प्रति कट्‍टर नहीं है, बल्कि वह समय के साथ बदलना भी जानता है।

हालाँकि संघ का गठन सन् 1925 में हुआ था, लेकिन वर्तमान प्रार्थना सन् 1940 में ही अस्तित्व में आई। यहाँ इतिहास के एक दिलचस्प वाकये का उल्लेख समीचीन होगा, जो हमें देश में विचारों और सामूहिक निर्णय-प्रक्रिया के बारे में जानने का सशक्त माध्यम है।

सन् 1940 तक संघ की प्रार्थना में दो श्लोक शामिल थे—एक हिंदी में और दूसरा मराठी में। शुरू के 15 साल तक संघ की पहुँच देश

के लगभग सभी प्रांतों में हो चुकी थी। तमाम युवा संघ के पूर्णकालिक कार्यकर्ता बन गए और संघ के प्रसार के लिए देश के तमाम हिस्सों में फैल गए।

संगठन के त्वरित विस्तार के चलते संस्कृत में आसानी से समझ में आनेवाली प्रार्थना की जरूरत महसूस की गई। सन् 1940 तक संघ की शाखाओं में विभिन्न कार्यक्रमों से संबंधित तमाम दिशा-निर्देश मराठी और अंग्रेजी में ही दिए जाते थे। संस्कृत पूरे देश में बोली जानेवाली प्रमुख भाषा थी, इसलिए उस समय तमाम दिशा-निर्देश संस्कृत में ही दिए जाने की महती जरूरत महसूस की गई।

संगठन के त्वरित विस्तार के चलते संस्कृत में आसानी से समझ में आनेवाली प्रार्थना की जरूरत महसूस की गई। सन् 1940 तक संघ की शाखाओं में विभिन्न कार्यक्रमों से संबंधित तमाम दिशा-निर्देश मराठी और अंग्रेजी में ही दिए जाते थे।

इन मुद्दों पर चर्चा के लिए फरवरी, 1939 में नागपुर से 50 किलोमीटर दूर सिंदी में एक बैठक आयोजित की गई। यह बैठक संघ के वरिष्ठ कार्यकर्ता नाना साहेब तलटुले के आवास पर हुई। संघ के संस्थापक डॉ. हेडगेवार, गुरु गोलवलकर, बालासाहब देवरस, अप्पाजी जोशी, विट्ठलराव, तलटुले, तात्याराव तैलंग, बाबाजी सालोदकर और कृष्णराव ने इस बैठक में हिस्सा लिया। बैठक के लिए जरूरी चीजों की व्यवस्था बबनराव पंडित ने की थी।

उस बैठक में तमाम ऐसे महत्त्वपूर्ण निर्णय लिये गए, जिनका संघ के कार्यान्वयन पर दूरगामी असर पड़ा। इन निर्णयों का संघ के ढाँचे पर गहरा प्रभाव पड़ा।

जिन लोगों ने इस बैठक में हिस्सा लिया था, उन्होंने सन् 1925 से 1939 के बीच संघ की कार्य-प्रणाली की विस्तृत रिपोर्ट तैयार की और तय किया कि एकरूपता जरूरी है। मराठी और अंग्रेजी को हटाकर शिक्षण-प्रशिक्षण की भाषा के तौर पर संस्कृत को शामिल किया गया। यह तय किया गया कि अब से संघ शाखाओं में जो भी दिशा-निर्देश जारी किए जाएँगे, वे संस्कृत में ही होंगे। बैठक में संघ प्रार्थना भी संस्कृत में ही विकसित करने की चर्चा हुई। प्रार्थना की महती जरूरत के बारे में सर्वप्रथम मराठी में और फिर नागपुर की मोहिते शाखा के कार्यवाह (प्रमुख) नारायणराव भिड़े, जो कि संस्कृत के विद्वान् माने जाते थे, को यह जिम्मेदारी सौंपी गई कि वे मराठी में लिखित प्रार्थना का संस्कृत में अनुवाद करें। उन्होंने अपना काम इतना शानदार किया कि उनके किए अनुवाद में शायद ही कोई बदलाव किया गया और उसे संस्कृत में हूबहू स्वीकार कर लिया गया। पहली बार डॉ. हेडगेवार और गुरु गोलवलकर की मौजूदगी में पुणे में आयोजित संघ के शिविर में संस्कृत में प्रार्थना गाई गई। वही प्रार्थना आज भी बिना किसी बदलाव के संघ की शाखाओं में गाई जाती है।

प्रार्थना की महती जरूरत के बारे में सर्वप्रथम मराठी में और फिर नागपुर की मोहिते शाखा के कार्यवाह (प्रमुख) नारायणराव भिड़े, जो कि संस्कृत के विद्वान् माने जाते थे, को यह जिम्मेदारी सौंपी गई कि वे मराठी में लिखित प्रार्थना का संस्कृत में अनुवाद करें। उन्होंने अपना काम इतना शानदार किया कि उनके किए अनुवाद में शायद ही कोई बदलाव किया गया और उसे संस्कृत में हूबहू स्वीकार कर लिया गया।

सन् 1940 तक शाखा में दैनिक गतिविधियों में अंग्रेजी के तमाम शब्दों का इस्तेमाल किया जाता था, जैसे—फॉर्मेशन, मार्च पास्ट, एडवांस इन रिव्यू ऑर्डर, लाइन फॉर्मेशन, हाल्ट, फॉर्म फोर, बैंड, बगल, फ्लूट, साइड ड्रम आदि। भिड़े और सालोदकर ने कड़ी मशक्कत के बाद दिशा-निर्देश देने के लिए संस्कृत में दिग्दर्शिका तैयार की। सन् 1940 में संस्कृत में तैयार ये दिशा-निर्देश आज भी उसी प्रकार प्रयोग में लाए जाते हैं।

□

संघ की वरदी :
खाकी निकर से गहरे भूरे रंग की पैंट

संघ की एक खास विशेषता स्वयंसेवक की वरदी या यूनिफॉर्म है। इसलिए इस विषय पर आगे चर्चा करने से पहले यह स्पष्ट हो जाना चाहिए कि स्वयंसेवकों को रोज यह वरदी नहीं पहननी होती है। राष्ट्रीय स्वयंसेवक संघ के पर्व-त्योहार या सर संघचालक द्वारा सालाना भाषण के समय अथवा अनेक शाखाओं के किसी समारोह (get together) के अवसर पर उपस्थित होनेवाले सभी सदस्यों को पूरी वरदी पहननी होती है।

जब 1925 में राष्ट्रीय स्वयंसेवक संघ की यात्रा का शुभारंभ हुआ, तब संघ की वरदी में खाकी ढीली-ढाली निकर, खाकी कमीज, बूट, खाकी टोपी शामिल थी। तब से वरदी में अनेक बदलाव किए गए हैं। संगठन के भीतर वरदी को 'गणवेश' के नाम से जाना जाता है।

'गणवेश' शब्द सामान्यतः हिंदी तथा संस्कृत भाषा में इस्तेमाल होता है। 'गणवेश' दो शब्दों से बना है—गण (लोगों का संगठित समूह) तथा 'वेश' (परिधान, वेश-भूषा)। इसलिए 'गणवेश' का शब्द संघ स्वयंसेवकों की औपचारिक वेश-भूषा या वरदी के लिए इस्तेमाल किया जाता है।

पिछले 90 वर्षों में राष्ट्रीय स्वयंसेवक संघ की वरदी में निम्नलिखित परिवर्तन किए गए हैं—

* खाकी कमीज की जगह सफेद कमीज

* खाकी टोपी की जगह काली टोपी
* बूट की जगह फीतेवाले काले रंग के कैनवस के साधारण जूते,
* चमड़े की बेल्ट की जगह प्लास्टिक की बैल्ट
* अंत में, लेकिन अंतिम नहीं, सबसे ज्यादा स्पष्ट दृष्टिगोचर तथा राष्ट्रीय स्वयंसेवक संघ का सर्वविदित प्रतीक खाकी निकर की जगह 2016 में गहरे भूरे रंग की पैंट।

अंतिम निर्णय ऐतिहासिक है तथा इस बात का संकेत है कि नई चुनौतियों का सामना करने के लिए राष्ट्रीय स्वयंसेवक संघ संगठन के भीतर भी बदलाव लाने के लिए तत्पर है। ऐसा माना जाता है कि ढीली-ढाली निकर के कारण युवा वर्ग संघ की शाखाओं के प्रति आकर्षित नहीं हो पाते। पिछले अनेक वर्षों से यह मुद्दा बार-बार उठाया जाता रहा है तथा इस पर निरंतर चर्चा होती रहती थी।

> ***अंतिम निर्णय ऐतिहासिक है तथा इस बात का संकेत है कि नई चुनौतियों का सामना करने के लिए राष्ट्रीय स्वयंसेवक संघ संगठन के भीतर भी बदलाव लाने के लिए तत्पर है। ऐसा माना जाता है कि ढीली-ढाली निक़र के कारण युवा वर्ग संघ की शाखाओं के प्रति आकर्षित नहीं हो पाते।***

लंबे समय से चर्चा-परिचर्चा के बाद संघ ने अंतत: खाकी निकर की जगह गहरे भूरे रंग की पैंट का निर्णय ले लिया। मार्च 2016 में घोषणा करते हुए राष्ट्रीय स्वयंसेवक संघ के महासचिव, भैयाजी जोशी ने कहा था—"हमने खाकी निकर की जगह भूरे रंग (ब्राऊन) की पैंट वरदी में शामिल करने का फैसला लिया है। सामान्य जीवन में पैंट का आमतौर पर इस्तेमाल होता है। हम लोग समय के साथ चलते हैं। इसलिए

हमें ड्रेस कोड बदलने में कोई हिचकिचाहट नहीं है।''

मार्च 2016 में नागपुर में आयोजित अखिल भारतीय प्रतिनिधि सभा की बैठक में औपचारिक स्तर पर यह निर्णय लिया गया। कोई भी जन संगठन बदलाव लाए बिना आगे नहीं बढ़ सकता। राष्ट्रीय स्वयंसेवक संघ के साथ ताल-मेल रखते हुए हमेशा बदलाव होता है। फैसला लेने के बाद राष्ट्रीय स्वयंसेवक संघ के प्रवक्ता मनमोहन वैद्य ने नागपुर में रिपोर्टरों को बताया।

मार्च 2016 में नागपुर में आयोजित अखिल भारतीय प्रतिनिधि सभा की बैठक में औपचारिक स्तर पर यह निर्णय लिया गया। कोई भी जन संगठन बदलाव लाए बिना आगे नहीं बढ़ सकता।

आमतौर पर संघ की वरदी बाजार में नहीं मिलती। राष्ट्रीय स्वयंसेवक संघ के दफ्तरों में मामूली कीमत पर वरदी बेची जाती है, ताकि इस पर आई लागत पूरी की जा सके। सभी माप एवं आकार की वरदियाँ उपलब्ध होती हैं। 'न घाटा, न मुनाफा' सिद्धांत पर यह वरदियाँ बेची जाती हैं। कोई भी राष्ट्रीय स्वयंसेवक संघ के दफ्तर में जाकर यह वरदी खरीद सकता है।

□

श्रीगुरुजी :
द्वितीय सरसंघचालक

माधवराव सदाशिवराव गोलवलकर संघ के द्वितीय सरसंघचालक बने। संघ स्वयंसेवकों के बीच वे सामान्य तौर पर 'गुरुजी' के संबोधन से पुकारे जाते थे। प्रारंभ में बनारस हिंदू विश्वविद्यालय के छात्र उन्हें इस नाम से संबोधित करते थे, जहाँ वे अध्यापन कार्य करते थे।

उनके पिता सदाशिवराव भी शिक्षक थे और लक्ष्मीबाई उनकी माँ का नाम था। वे नागपुर में रहते थे। बचपन में उन्हें प्यार से 'मधु' पुकारा जाता था। गोलवलकर के जन्म के समय नागपुर मध्य प्रदेश प्रांत का हिस्सा हुआ करता था। हालाँकि उनकी मातृभाषा मराठी थी, लेकिन उनके पिता की तैनाती हिंदीभाषी क्षेत्रों में होती थी, जिस कारण मधु की हिंदी पर भी अच्छी पकड़ थी। अंग्रेजी भाषा पर भी उनका बराबर का अधिकार था।

माधवराव सदाशिवराव गोलवलकर 'गुरुजी'

एच.वी. शेषाद्रि ने उनकी जीवनी में लिखा है—"माधवराव काफी प्रखर बुद्धि रखते थे और उनकी याददाश्त तो जबरदस्त थी। एक बार उनके स्कूल शिक्षक प्रोफेसर गार्डनर 'बाइबल' पढ़ा रहे थे। माधवराव ने उन्हें बीच में टोकते हुए कहा, 'श्रीमान, आपने जिस प्रसंग का उल्लेख किया है, वह सही नहीं है, बल्कि यहाँ प्रसंग कुछ इस तरह होगा…' और फिर उन्होंने अपना स्मरण किया हुआ प्रसंग सुनाया। समस्त छात्र और स्वयं प्रोफेसर गार्डनर भी यह सुनकर चकित रह गए। जब उस प्रसंग का 'बाइबल' के उद्धरण से मिलान किया गया तो वह एकदम सही पाया गया। कक्षा के अंत में प्रोफेसर ने उनकी पीठ थपथपाई। यह घटना उनके गुणों का शानदार प्रमाण है कि वे विलक्षण स्मरणशक्ति, साहस और कभी न डिगनेवाले आत्मविश्वास के स्वामी थे। उनकी याददाश्त ने उनकी आखिरी साँस तक उनका साथ दिया, यहाँ तक कि आज भी पूरे देश में लोग उनकी विलक्षण याददाश्त की मिसाल देते हैं।"

माधवराव काफी प्रखर बुद्धि रखते थे और उनकी याददाश्त तो जबरदस्त थी। एक बार उनके स्कूल शिक्षक प्रोफेसर गार्डनर 'बाइबल' पढ़ा रहे थे। माधवराव ने उन्हें बीच में टोकते हुए कहा, 'श्रीमान, आपने जिस प्रसंग का उल्लेख किया है, वह सही नहीं है, बल्कि यहाँ प्रसंग कुछ इस तरह होगा…' और फिर उन्होंने अपना स्मरण किया हुआ प्रसंग सुनाया।

माधवराव ने सन् 1924 में इंटरमीडिएट की शिक्षा पूरी की और बी.एस-सी. करने बनारस हिंदू विश्वविद्यालय चले गए। शेषाद्रि उनकी युवावस्था का एक और शानदार उदाहरण बताते हैं, जिसके बारे में

कम ही लोगों को मालूम है—"पुस्तकालय में रखी हुई किताबों का बेशकीमती भंडार मानो गुरुजी के ज्ञान की प्यास बुझाने का ही इंतजार कर रहा था। माधवराव ने किताबें पढ़नी शुरू कीं। एक-एक करके उन्होंने सारी किताबों से रू-बरू होना शुरू किया। एक दिन उनके अँगूठे में बिच्छू ने डंक मार दिया, लेकिन उन्होंने इत्मीनान से अँगूठे के उस हिस्से को काटकर अलग किया, अपने पैर को पोटैशियम परमैग्नेट के घोल में डुबोया और फिर से पढ़ने बैठ गए। यह देखकर आश्चर्यचकित एक मित्र से रहा न गया और वह पूछ बैठा, 'इतने दर्द में भी आपने अध्ययन जारी रखा, यह कैसे संभव है?' इस पर माधवराव ने उत्तर दिया, 'सही कहा आपने, बिच्छू ने मेरे पैर में डंक मारा था, न कि मेरे सिर में।' आगे चलकर लोगों ने अनेक बार उनकी जबरदस्त सहन-शक्ति का नमूना देखा, जब वह असह्य शारीरिक कष्ट के बीच भी इत्मीनान से अपने काम में जुटे रहते थे।"

जीव-विज्ञान में प्रथम श्रेणी में स्नातकोत्तर पूरा कर वे नागपुर लौट आए और कुछ महीनों बाद ही शोध कार्य के लिए चेन्नई चले गए। सन् 1929 में उनके पिता सेवानिवृत्त हो गए, जिससे परिवार पर आर्थिक बोझ बढ़ गया। माधवराव को अपना शोध कार्य बीच में ही छोड़कर नागपुर लौटना पड़ा।

जीव-विज्ञान में प्रथम श्रेणी में स्नातकोत्तर पूरा कर वे नागपुर लौट आए और कुछ महीनों बाद ही शोध कार्य के लिए चेन्नई चले गए। सन् 1929 में उनके पिता सेवानिवृत्त हो गए, जिससे परिवार पर आर्थिक बोझ बढ़ गया। माधवराव को अपना शोध कार्य बीच में ही छोड़कर नागपुर लौटना पड़ा।

माधवराव ने अगस्त 1931 में बनारस हिंदू विश्वविद्यालय (बी.एच.यू.) में अध्यापन शुरू कर दिया। वे छात्रों के बीच काफी लोकप्रिय हो गए। वे जरूरतमंद छात्रों को आर्थिक सहायता और किताबें उपलब्ध कराने के लिए भी जाने जाते थे। अमूमन यही होता कि महीने में उनकी तनख्वाह का ज्यादातर हिस्सा छात्रों की मदद में चला जाता। बनारस हिंदू विश्वविद्यालय के संस्थापक पं. मदन मोहन मालवीय उन्हें बेहद पसंद करते थे।

संघ के बारे में गोलवलकर ने नागपुर के एक स्वयंसेवक भैयाजी दाणी के जरिए जाना, जिसे डॉ. हेडगेवार ने उनका छात्र बनने के लिए भेजा था। वह उस शाखा का पालक (संरक्षक) भी था। बनारस हिंदू विश्वविद्यालय से अपना कार्यकाल पूरा कर गुरुजी नागपुर लौट आए और वहाँ उन्होंने कानून की शिक्षा पूरी की।

नागपुर में डॉ. हेडगेवार लगातार गोलवलकर के संपर्क में रहे और उन्हें संघ के कार्य में सक्रियता बढ़ाने के लिए प्रेरित करते रहते थे। सन् 1934 में उन्हें अकोला में संघ शिक्षा वर्ग का सर्वाधिकारी (कार्यालय प्रभारी) नियुक्त किया गया।

इस समय तक उनके माता-पिता ने उनके विवाह के बारे में सोचना शुरू कर दिया था। शेषाद्रि कहते हैं— "गुरुजी की माँ ने उनके समक्ष

विवाह का प्रस्ताव रखा और कहा कि अगर उन्होंने विवाह के विपरीत निर्णय लिया तो उनका वंश खत्म हो जाएगा, क्योंकि गोलवलकर उस पीढ़ी की आखिरी संतान थे। श्रीगुरुजी ने जवाब दिया, 'वर्तमान परिस्थिति में समाज-कल्याण के लिए अगर जरूरी हुआ तो मेरा ही नहीं, बल्कि तमाम अन्य लोगों का भी वंश आगे न बढ़े तो मैं इसके लिए बिल्कुल चिंतित नहीं होऊँगा।' उनके विवाह की चर्चा वहीं और उसी पल खत्म हो गई।''

इस दौरान गोलवलकर नागपुर में श्रीरामकृष्ण आश्रम के स्वामी भास्करेश्वरानंद के संपर्क में आए। वहाँ वे श्री अमिताभ महाराज के काफी करीबी बन गए, जिन्होंने उन्हें श्रीरामकृष्ण परमहंस के शिष्य स्वामी अखंडानंद के बारे में बताया, जो उन दिनों बंगाल के सरगाछी आश्रम में रह रहे थे।

आध्यात्मिक ज्ञान की तलाश में वे सन् 1936 में बिना किसी को बताए सरगाछी चले गए। वहाँ उन्होंने स्वामी अखंडानंद की सेवा में खुद को समर्पित कर दिया। स्वामी अखंडानंद उन दिनों काफी वृद्ध हो चुके थे।

छह महीने की सेवा के बाद स्वामीजी ने उन्हें अपने शिष्य के

तौर पर दीक्षा देना स्वीकार किया। यह अनुभव अभिभूत करनेवाला था और इस बारे में उन्होंने स्वयं ही लिखा है—"मुझे वह आशीर्वाद प्राप्त करने का सौभाग्य मिला है, जो किसी को असंख्य जन्मों के उपरांत प्राप्त होता है और अब मैं खुद को एकदम परिवर्तित इनसान के रूप में पा रहा हूँ।"

फरवरी 1937 में स्वामीजी का देहांत हो गया, जिसके बाद गोलवलकर ने बेलूर मठ स्थित रामकृष्ण आश्रम में कुछ समय व्यतीत किया। इसके उपरांत अमिताभ महाराज के साथ वे नागपुर लौट आए।

फरवरी 1937 में स्वामीजी का देहांत हो गया, जिसके बाद गोलवलकर ने बेलूर मठ स्थित रामकृष्ण आश्रम में कुछ समय व्यतीत किया। इसके उपरांत अमिताभ -महाराज के साथ वे नागपुर लौट आए।

नागपुर में गोलवलकर ने अपनी आत्मा की आवाज सुनी और सन् 1938 में डॉ. हेडगेवार के नेतृत्व में खुद को संघ के संगठनात्मक कार्यों में समर्पित कर दिया। गोलवलकर ने बाद में विस्तार से लिखा—"अध्यात्म की तरह राष्ट्र का संगठन करना भी शुरुआती दिनों से मेरे रुझान में शामिल रहा है। मैं यह मानता हूँ कि संघ का हिस्सा बनकर मैं अपने लक्ष्य को प्राप्त करने में ज्यादा समर्थ साबित हो सकूँगा। इसलिए मैंने यह तय किया है कि मैं स्वयं को संघ कार्यों के लिए समर्पित कर दूँ। अंतर्मन के ज्ञान और स्वामी विवेकानंद की व्यावहारिक सोच को लेकर मैं यह समझता हूँ कि मेरा निर्णय उचित है।"

सन् 1940 में, डॉ. हेडगेवार के निधन के बाद वे सरसंघचालक बने। अगले 30 वर्षों तक उन्होंने देश के कोने-कोने की यात्रा की और संघ को विस्तार देने तथा अमिट छाप छोड़ने के लिए अथक परिश्रम

किया। संघ के ज्यादातर प्रमुख संगठन उनके संघ प्रमुख रहने के दौरान ही अस्तित्व में आए।

शेषाद्रि के अनुसार, ''यह तय था कि श्रीगुरुजी का महामानवी प्रयास और कठोर परिश्रम उनके स्वास्थ्य पर प्रतिकूल असर डालता। 60 वर्ष की आयु में श्रीगुरुजी का स्वास्थ्य तेजी से गिरने लगा था। मई 1970 में उनके सीने में एक गाँठ का पता चला। जाँच में वह कैंसर पाया गया। इसके बावजूद उन्होंने इसे हटवाने में जल्दबाजी नहीं दिखाई और तय किया कि मई और जून का प्रवास पूरा होने के बाद ही इसके बारे में सोचेंगे।''

यह तय था कि श्रीगुरुजी का महामानवी प्रयास और कठोर परिश्रम उनके स्वास्थ्य पर प्रतिकूल असर डालता। 60 वर्ष की आयु में श्रीगुरुजी का स्वास्थ्य तेजी से गिरने लगा था। मई 1970 में उनके सीने में एक गाँठ का पता चला। जाँच में वह कैंसर पाया गया।

टाटा कैंसर अस्पताल में उनका ऑपरेशन करनेवाले डॉ. प्रफुल्ल देसाई कोई संघ कार्यकर्ता नहीं थे, लेकिन उन्होंने लिखा—''मैं सोच भी नहीं सकता था कि 65 साल की उम्र में कोई व्यक्ति इतने कठिन और लंबे ऑपरेशन को झेल पाएगा; लेकिन मैं आश्चर्यचकित था कि उन्होंने यह कर दिखाया। पूरी प्रक्रिया के दौरान वे शांत रहे, साहस नहीं छोड़ा, सहयोग देते रहे। उनके चेहरे पर जो मुसकान बनी रही, वह अद्‍भुत थी। अगले ही दिन वे चलने-फिरने लगे।'' वे जल्दी ही अपनी पुरानी दिनचर्या में लौट आए और उन्होंने दोबारा देश-भ्रमण का कार्य उसी तत्परता से शुरू कर दिया।

सन् 1971 का अंत होते-होते वे दोबारा गंभीर रूप से बीमार पड़ गए। शेषाद्रि उनके साथ हुई एक चर्चा का उल्लेख करते हुए संघ के

इतिहास के महत्त्वपूर्ण मोड़ की दिलचस्प घटना के बारे में बताते हैं। तब संगठन का नाम बदलने की बात चल रही थी। "वे (गोलवलकर) यह समझ गए थे कि उनका अंत नजदीक है। उन्होंने प्रमुख स्वयंसेवकों से आखिरी बार चर्चा करने का निर्णय लिया। इस क्रम में महाराष्ट्र के थाणे स्थित तत्त्वज्ञान विद्यापीठ में वह कार्यक्रम आयोजित किया गया। यह विद्यापीठ सम्मानित (अब दिवंगत) पांडुरंग शास्त्री अठावलेजी संचालित करते थे। अभ्यास वर्ग (शिक्षा शिविर) आयोजित था। विषय था—'वास्तविक राष्ट्रीय चेतना का विकास', जिसमें प्रमुख कार्यकर्ता विभिन्न गतिविधियों को पूरा कराने के लिए जुटे थे। श्रीगुरुजी वहाँ मौजूद थे। वहाँ एक सुझाव आया कि अगर संघ 'हिंदू' की बजाय 'भारतीय' शब्द अपना ले तो संघ पर से इसके सांप्रदायिक होने का आरोप हट जाएगा। इस पर श्रीगुरुजी ने हिंदू विचार के सकारात्मक पक्ष को प्रस्तुत किया और इस मुद्दे पर ऐतिहासिक परिप्रेक्ष्य तथा अपने अनुभव के आधार पर सारी आशंकाओं का निवारण कर दिया। इसके साथ ही उन्होंने अन्य विचारों पर भी गहराई से चर्चा की और अन्य व्यवस्थाओं का तुलनात्मक अध्ययन करते हुए हिंदू दर्शन को विस्तृत रूप से समझाया। उन्होंने कहा कि हिंदू दर्शन अकेले ही मानवता

यह विद्यापीठ सम्मानित (अब दिवंगत) पांडुरंग शास्त्री अठावलेजी संचालित करते थे। अभ्यास वर्ग (शिक्षा शिविर) आयोजित था। विषय था—'वास्तविक राष्ट्रीय चेतना का विकास', जिसमें प्रमुख कार्यकर्ता विभिन्न गतिविधियों को पूरा कराने के लिए जुटे थे। श्रीगुरुजी वहाँ मौजूद थे। वहाँ एक सुझाव आया कि अगर संघ 'हिंदू' की बजाय 'भारतीय' शब्द अपना ले तो संघ पर से इसके सांप्रदायिक होने का आरोप हट जाएगा।

और स्थायी खुशहाली के लिए काफी है, क्योंकि इसमें उच्च मानदंडों का पालन किया जाता है।''

25 मार्च, 1973 को उन्होंने नागपुर में अखिल भारतीय प्रतिनिधि सभा को संबोधित किया, जहाँ पूरे देश से संघ के सर्वाधिक महत्त्वपूर्ण कार्यकर्ता मौजूद थे। उन्हें बोलने में परेशानी हो रही थी, लेकिन फिर भी उन्होंने 40 मिनट तक अपनी बात रखी। उन्होंने कहा, ''हमारे सारे प्रयासों का एकमात्र लक्ष्य यह होना चाहिए कि हमारा राष्ट्र पूरी दुनिया का अगुआ बने और दुनिया इसका सम्मान करे।''

25 मार्च, 1973 को उन्होंने नागपुर में अखिल भारतीय प्रतिनिधि सभा को संबोधित किया, जहाँ पूरे देश से संघ के सर्वाधिक महत्त्वपूर्ण कार्यकर्ता मौजूद थे। उन्हें बोलने में परेशानी हो रही थी, लेकिन फिर भी उन्होंने 40 मिनट तक अपनी बात रखी।

''चाहे जैसा भी माहौल हो, आप इस विश्वास के साथ आगे बढ़ें कि एक दिन 'हिंदू' शब्द को उसका सम्मान मिलना तय है।'' उन्होंने अपना भाषण इस कथन के साथ समाप्त किया, ''विजय ही विजय है।'' यह उनका आखिरी सार्वजनिक भाषण था। आगे चलकर उनका स्वास्थ्य बेहद बिगड़ गया।

गोलवलकर ने जिस तरह संगठन के उद्देश्यों के लिए अपने आपको सीमाओं से परे जाकर कार्य किया, उसने उन्हें महान् बना दिया और उनका योगदान आज भी हर अवसर पर याद किया जाता है तथा लाखों स्वयंसेवकों के लिए प्रेरणा का माध्यम है। शेषाद्रि ने उनके आखिरी दिनों का पुष्ट खाका खींचा है। वे लिखते हैं—''मई 1973 में नागपुर में संघ का तृतीय वर्ष शिक्षा वर्ग चल रहा था। इस वर्ग में हिस्सा ले पाना गुरुजी के लिए अत्यंत कठिन था। फिर भी उनकी उत्कट इच्छा को देखते

हुए इसे आयोजित किया गया और प्रांतों से स्वयंसेवकों को संघ कार्यालय में उनसे मिलने के लिए बुलाया गया। वहाँ उनसे सबका परिचय कराया गया और उन्होंने भावुक होकर उन सबसे संघ के कार्यों को पूरी तन्मयता से अनवरत आगे बढ़ाने की अपील की। यह कार्यक्रम 16 से 25 मई तक संचालित हुआ। इसके उपरांत उसे आगे नहीं बढ़ाया जा सका। देश के अलग-अलग हिस्सों से स्वयंसेवक और प्रमुख हस्तियाँ सब संघ कार्यालय आकर उनके स्वास्थ्य के बेहतर होने की कामना करते। 3 जून को जब राष्ट्र सेविका समिति की संचालिका सम्मानित लक्ष्मीबाई केलकर ने उनसे मुलाकात की तो उन्होंने तत्परता से कहा, 'मैं पूरी तरह तैयार हूँ।' 4 जून को कार्यकर्ता उनकी मालिश करना चाहते थे और इसके लिए एक बोतल तेल की व्यवस्था थी, लेकिन वह खाली निकली। इस पर वे मजाक में बोले, 'अब यह पूरा हो चुका है! अच्छा है। कल यहाँ मालिश के लिए कौन आएगा?' 5 जून की सुबह उन्होंने सामान्य तौर पर स्नान-ध्यान किया। रात 9.30 बजे उन्होंने आखिरी साँस ली और उनकी आत्मा उनके नश्वर शरीर को छोड़ हमेशा-हमेंशा के लिए मुक्त हो गई।''

3 जून को जब राष्ट्र सेविका समिति की संचालिका सम्मानित लक्ष्मीबाई केलकर ने उनसे मुलाकात की तो उन्होंने तत्परता से कहा, 'मैं पूरी तरह तैयार हूँ।' 4 जून को कार्यकर्ता उनकी मालिश करना चाहते थे और इसके लिए एक बोतल तेल की व्यवस्था थी, लेकिन वह खाली निकली। इस पर वे मजाक में बोले, 'अब यह पूरा हो चुका है! अच्छा है। कल यहाँ मालिश के लिए कौन आएगा?'

6 जून की सुबह गोलवलकर द्वारा लिखित तीन सीलबंद पत्रों को

खोलकर पढ़ा गया। पहला पत्र महाराष्ट्र प्रांत के संघचालक बाबासाहेब भिड़े ने पढ़ा, जिसमें यह उल्लेख था कि गोलवलकर के उपरांत बालासाहब देवरस को सरसंघचालक नियुक्त किया जाए। बाकी के दो पत्र बालासाहब देवरस द्वारा पढ़े गए।

दूसरे पत्र में उन्होंने इस ओर इशारा किया था कि संघ के संस्थापक डॉ. हेडगेवार के सिवा किसी का स्मारक खड़ा नहीं किया जाना चाहिए।

गोलवलकर द्वारा लिखित तीसरे पत्र में कहा गया था, "अगर मैंने किसी को जाने-अनजाने में कष्ट पहुँचाया है तो मैं हाथ जोड़कर उनसे इसके लिए खेद प्रकट करता हूँ।"

संत तुकाराम की लिखित एक रचना का भी इसमें उल्लेख किया गया था—

हे संत! कृपया मेरी आखिरी विनती को आगे बढ़ा,
उस ईश्वर के पास कि वह मुझे न भूले।
वह हर चीज जानता है; इससे ज्यादा मैं और क्या कहूँ।
तुकाराम ने अपना शीश उनके पैरों तले रखकर कहा।
मैं उनके आशीष की छाँव में हमेशा रहूँगा।

उनके पार्थिव शरीर को नागपुर के रेशमबाग स्थित डॉ. हेडगेवार स्मारक के बगल में चंदन की लकड़ी से तैयार चिता पर रखा गया। संघ का भगवा ध्वज फहराया गया और रुँधे गले से शोक-संतप्त स्वयंसेवकों ने संघ की प्रार्थना दोहराई।

शेषाद्रि ने इस पर सटीक टिप्पणी की, ''अब रेशमबाग दो महान् हस्तियों का घर बन गया है। स्मृति मंदिर में चैतन्य अवस्था में डॉ. हेडगेवार उच्च स्थान पर बैठे हैं और संत दधीचि (जिन्होंने देवों और मनुष्यों के लिए अपने शरीर का बलिदान दे दिया) के रूप में श्रीगुरुजी। डॉ. हेडगेवार की प्रतिमा मानो कह रही हो, 'मेरा चयन बिल्कुल उपयुक्त था। श्रीगुरुजी ने संघ की ख्याति पूरी दुनिया में फैलाई'।''

शेषाद्रि ने इस पर सटीक टिप्पणी की, ''अब रेशमबाग दो महान् हस्तियों का घर बन गया है। स्मृति मंदिर में चैतन्य अवस्था में डॉ. हेडगेवार उच्च स्थान पर बैठे हैं और संत दधीचि (जिन्होंने देवों और मनुष्यों के लिए अपने शरीर का बलिदान दे दिया) के रूप में श्रीगुरुजी। डॉ. हेडगेवार की प्रतिमा मानो कह रही हो, 'मेरा चयन बिल्कुल उपयुक्त था। श्रीगुरुजी ने संघ की ख्याति पूरी दुनिया में फैलाई'।''

राष्ट्र ने दी श्रद्धांजलि

आचार्य विनोबा भावे ने कहा, ''श्रीगुरुजी संकीर्ण मानसिकता से ग्रस्त नहीं थे। वे हमेशा राष्ट्र-हित के आदर्शों से ओत-प्रोत रहे। वे अन्य धर्मों, जैसे ईसाइयत और इसलाम को भी उतना ही सम्मान देते थे और हमेशा यह अपेक्षा करते थे कि भारत में कोई भी उपेक्षित न रहने पाए।''

पुरी के जगद्‌गुरु शंकराचार्य ने कहा, ''श्वेत वस्त्र में वे संत थे।''

जैन आचार्य सुशील कुमार मुनिजी ने कहा, "श्रीगुरुजी हमारी विरासत के वटवृक्ष के समान थे।"

जैन संत आचार्य तुलसी ने कहा, "उनमें संरक्षक और विचारक के गुण समान रूप से विद्यमान थे।"

तत्कालीन प्रधानमंत्री इंदिरा गांधी ने संसद् में कहा, "हमने महज गुरु गोलवलकर को ही नहीं खोया, वरन् एक महान् हस्ती, जो संसद् के सदस्य नहीं थे, उन्हें भी खोया। पूरे राष्ट्र में उन्होंने जो सम्मान अर्जित किया था, वह उनके व्यक्तित्व का प्रभाव और उनकी सोच का परिचायक था।"

तत्कालीन प्रधानमंत्री इंदिरा गांधी ने संसद् में कहा, "हमने महज गुरु गोलवलकर को ही नहीं खोया, वरन् एक महान् हस्ती, जो संसद् के सदस्य नहीं थे, उन्हें भी खोया। पूरे राष्ट्र में उन्होंने जो सम्मान अर्जित किया था, वह उनके व्यक्तित्व का प्रभाव और उनकी सोच का परिचायक था।"

यहाँ तक कि वैचारिक प्रतिद्वंद्वियों ने भी गोलवलकर की खूबियों का लोहा माना।

समाजवादी नेता समर गुहा ने कहा, "उन्होंने हजारों युवा देशवासियों के अंदर देशभक्ति, समर्पण और सेवा का भाव भरा।"

एक अन्य समाजवादी नेता एस.एम. जोशी ने कहा, "श्रीगुरुजी संत थे।"

लोकनायक जयप्रकाश नारायण ने उन्हें श्रद्धांजलि अर्पित करते हुए कहा, "श्रीगुरुजी आध्यात्मिक तौर पर महान् व्यक्तित्व के धनी थे, जिन्होंने हजारों युवाओं में सच्ची राष्ट्रभक्ति का संचार किया।"

शेषाद्रि ने गोलवलकर के कार्यों को जिस तरह से रेखांकित किया,

वह संघ के द्वितीय सरसंघचालक के प्रति स्वयंसेवकों की भावनाओं से बिल्कुल मेल खाता है। उन्होंने कहा, ''नए राष्ट्रवाद के पोषक के तौर पर श्रीगुरुजी ने अपने शानदार व्यक्तित्व और कार्यों से राष्ट्रीय जीवन में विलक्षण ऊर्जा का संचार किया।''

□

बालासाहब देवरस :
तृतीय सरसंघचालक

मधुकर दत्तात्रेय देवरस, जिन्हें बालासाहब देवरस के नाम से भी जाना जाता है, ने 11 दिसंबर, 1915 को महाराष्ट्र के नागपुर में दत्तात्रेय कृष्णराव देवरस और पार्वतीबाई के घर में जन्म लिया। उनके भाई भाऊराव देवरस भी संघ के प्रचारक और वरिष्ठ कार्यकर्ता रह चुके थे।

बालासाहब ने अपनी शिक्षा न्यू इंग्लिश हाई स्कूल से प्राप्त की। मैट्रिक की परीक्षा उन्होंने सन् 1931 में मध्य प्रांत से बरार माध्यमिक शिक्षा बोर्ड से उत्तीर्ण की थी।

मधुकर दत्तात्रेय देवरस

इसके उपरांत उन्होंने मॉरिस कॉलेज (अब नागपुर महाविद्यालय) में दाखिला लिया। उस कॉलेज से ही उन्होंने स्नातक किया और उसके बाद नागपुर विश्वविद्यालय के कॉलेज ऑफ लॉ से एल-एल. बी. की डिग्री हासिल की। वे संघ से इसके गठन के समय से ही जुड़ गए थे।

डॉ. हेडगेवार से प्रेरित होकर बालासाहब ने अपना पूरा जीवन संघ को समर्पित कर

दिया और प्रचारक बन गए। प्रचारक के रूप में उनका पहला कार्यकाल विभाजन से पूर्व के बंगाल में था।

सन् 1946 में उन्हें संघ में सह-सरकार्यवाह (संयुक्त महासचिव) नियुक्त किया गया। सन् 1965 में उन्हें प्रोन्नत करके सरकार्यवाह (महासचिव) बना दिया गया। संघ के द्वितीय सरसंघचालक श्रीगुरुजी के देहावसान के बाद 5 जून, 1973 को उन्हें सरसंघचालक नियुक्त किया गया।

सन् 1946 में उन्हें संघ में सह-सरकार्यवाह (संयुक्त महासचिव) नियुक्त किया गया। सन् 1965 में उन्हें प्रोन्नत करके सरकार्यवाह (महासचिव) बना दिया गया। संघ के द्वितीय सरसंघचालक श्रीगुरुजी के देहावसान के बाद 5 जून, 1973 को उन्हें सरसंघचालक नियुक्त किया गया।

बालासाहब का परिवार मूल रूप से आंध्र प्रदेश में रहता था, जहाँ से वे लोग नागपुर चले आए थे। उनके एक भाई और दो बहनें थीं। तृतीय सरसंघचालक के तौर पर छुआछूत मिटाने में उनका अहम योगदान है। सन् 1974 में उनकी यह घोषणा कि 'अगर छुआछूत गलत नहीं है तो दुनिया में कुछ भी गलत नहीं है।' ने स्वयंसेवकों की सोच में हलचल पैदा कर दी और इस महामारी को दूर करने के राष्ट्रीय प्रयासों में तेजी ला दी, जिससे भारतीय सामाजिक व्यवस्था के सबसे बड़े अभिशाप से मुक्ति मिल सकी।

अव्वल दर्जे के व्यवस्थापक होने के चलते उन्होंने तत्कालीन प्रधानमंत्री इंदिरा गांधी के थोपे गए आपातकाल के खिलाफ संघर्ष का शानदार नेतृत्व किया। श्रीमती गांधी ने संघ को प्रतिबंधित कर

दिया था; लेकिन बालासाहब के सक्रिय और व्यावहारिक नेतृत्व के चलते संघ ने इस आततायी कदम के खिलाफ सत्ता से आमने-सामने का संघर्ष किया, भले ही तमाम नेताओं की तरह उन्हें भी जेल में डाल दिया गया।

राजनीतिक विश्लेषक मुजफ्फर हुसैन ने सन् 1996 में एक लेख में लिखा—'' 1975 में भारतीय राजनीति ने आपातकाल के रूप में पहली आंतरिक उथल-पुथल देखी। देवरस के कार्यकाल में संघ को दूसरी बार प्रतिबंधित किया गया और बतौर सरसंघचालक वे पहली बार इस परिस्थिति से जूझ रहे थे। पूरा देश जेल में बदल दिया गया था। मैं दोहराना नहीं चाहता कि संघ को किन हालात से गुजरना पड़ा होगा। बालासाहब ने हालाँकि इसे सकारात्मक मोड़ दे दिया। जेल में रहने के दौरान उन्हें तमाम नेताओं और प्रतिबंधित मुसलिम संगठनों, जैसे जमात-ए-इसलामी के कार्यकर्ताओं से मिलने और प्रतिक्रिया देने का अवसर मिला। इसका नतीजा यह हुआ कि दो दल न केवल सोच और प्रतिक्रिया के लिए, बल्कि दैनिक कार्यों को लेकर भी एक-दूसरे के करीब आए। संघ के अधिकारियों ने अपने कार्यों से मुसलिमों की यह धारणा बदल दी कि संघ उनका दुश्मन है। यह बालासाहब का पहला जादू था, जिससे

1975 में भारतीय राजनीति ने आपातकाल के रूप में पहली आंतरिक उथल-पुथल देखी। देवरस के कार्यकाल में संघ को दूसरी बार प्रतिबंधित किया गया और बतौर सरसंघचालक वे पहली बार इस परिस्थिति से जूझ रहे थे। पूरा देश जेल में बदल दिया गया था। मैं दोहराना नहीं चाहता कि संघ को किन हालात से गुजरना पड़ा होगा। बालासाहब ने हालाँकि इसे सकारात्मक मोड़ दे दिया।

मुसलमानों की सोच संघ के प्रति सकारात्मक बन सकी। संघ के विचारों से परिचित होने के बाद जमात-ए-इसलामी के नेताओं के मन से संघ के हिंदू आतंकी होने की भावना खत्म हुई और वे इस निष्कर्ष पर पहुँचे कि मूर्तिपूजा पर रोक लगाने के बाद इसलाम और सनातन धर्म के बीच किसी प्रकार का मूलभूत अंतर नहीं है। आपातकाल के दौरान जेल में डाले जाने का नतीजा यह हुआ कि दोनों समुदाय एक-दूसरे के करीब आए और उनमें वैमनस्य खत्म हो गया तथा बातचीत का रास्ता खुला।''

> *वर्ष 2012 में राष्ट्रीय स्वयंसेवक संघ से जुड़ी एक वेबसाइट पर ऑनलाइन लेख प्रकाशित हुआ था। इसमें बालासाहब देवरस की कार्यशैली बताई गई है। गहन और प्रखर आलोचनात्मक बुद्धि के धनी बालासाहब ने विभिन्न स्तरों पर कार्यकर्ताओं के साथ सीधे बातचीत और संवाद की प्रक्रिया को गति प्रदान की।*

वर्ष 2012 में राष्ट्रीय स्वयंसेवक संघ से जुड़ी एक वेबसाइट पर ऑनलाइन लेख प्रकाशित हुआ था। इसमें बालासाहब देवरस की कार्यशैली बताई गई है। गहन और प्रखर आलोचनात्मक बुद्धि के धनी बालासाहब ने विभिन्न स्तरों पर कार्यकर्ताओं के साथ सीधे बातचीत और संवाद की प्रक्रिया को गति प्रदान की। वे घंटों तक बैठकर स्वयंसेवकों के प्रश्नों के उत्तर देते थे और उनके मन में उठ रही शंकाएँ दूर करते थे। यह दो-तरफा फीडबैक संघ परिवार में सभी स्तरों के बीच संबंधों को मजबूत बनाने में उपयोगी सिद्ध हुआ। राष्ट्रीय स्तर पर तेजी से बदल रहे बौद्धिक एजेंडा की दृष्टि से ऐसे संगठनात्मक निर्देश की खास तौर पर जरूरत थी, ताकि हिंदू जागृति तथा हिंदुत्व केंद्रबिंदु बनकर उभरें।

बालासाहब 1994 तक सरसंघचालक रहे। स्वास्थ्य संबंधी कारणों से वे इस पद से हट गए तथा उनकी जगह प्रो. राजेंद्र सिंह ने ले ली। संघ में पहली बार सरसंघचालक ने जीते जी अपना उत्तराधिकारी घोषित किया था। इससे पहले वसीयत तैयार कर लिखकर रख दी जाती थी तथा सरसंघचालक की मृत्यु के उपरांत इसे खोला जाता था।

बालासाहब ने नागपुर में 17 जून, 1996 को आखिरी साँस ली।

□

रज्जू भैया :
चौथे सरसंघचालक

अटल बिहारी वाजपेयी की सरकार में केंद्रीय गृह राज्य मंत्री स्वामी चिन्मयानंद ने 19 जुलाई, 2003 को अंग्रेजी दैनिक 'द पॉयनियर' में एक लेख लिखा—"14 जुलाई, 2003 को रज्जू भैया के देहांत की खबर ने मुझे शोकाकुल कर दिया। यह मेरे लिए बेहद कठिन क्षण था। उन्होंने जिस तरह बतौर शिक्षक, प्रचारक और सरसंघचालक के तौर पर अपनी महत्त्वपूर्ण भूमिकाएँ बिना किसी लाग-लपेट के सामान्य तरीके से निभाईं, उसने करोड़ों भारतीयों को लंबे समय तक प्रेरणा दी। इसे हमेशा याद रखा जाएगा। निजी तौर पर उनके साथ मेरी तमाम भावनात्मक यादें जुड़ी हुई हैं। आज यह समीचीन है कि उन्हें श्रद्धांजलि अर्पित करते हुए मैं उनके साथ जुड़े अनुभव लोगों से साझा करूँ।"

रज्जू भैया

स्वामीजी ने रज्जू भैया के लंबे और सार्थक जीवन के बारे में उनके निधन पर लिखे लेख में जिक्र किया है—प्रो. राजेंद्र सिंह को आमतौर पर 'रज्जू भैया' के नाम से ही पुकारा जाता था।

उनका जन्म उत्तर प्रदेश के बुलंदशहर जिले के बनैल गाँव में 29 जनवरी, 1922 को हुआ था। उनके पिता बलबीर सिंह देश के पहले व्यक्ति थे, जिनका चयन भारतीय अभियांत्रिकी सेवा के लिए हुआ था।

रज्जू भैया की प्राथमिक शिक्षा नैनीताल में हुई, जिसके बाद उच्च शिक्षा उन्होंने इलाहाबाद विश्वविद्यालय से हासिल की थी। वे भौतिकी के छात्र थे और परमाणु विज्ञान उनके विशेष अध्ययन का विषय था। उनकी स्नातकोत्तर की उत्तर-पुस्तिका 'नोबेल पुरस्कार' विजेता डॉ. सी.वी. रमण ने जाँची थी।

रज्जू भैया की प्राथमिक शिक्षा नैनीताल में हुई, जिसके बाद उच्च शिक्षा उन्होंने इलाहाबाद विश्वविद्यालय से हासिल की थी। वे भौतिकी के छात्र थे और परमाणु विज्ञान उनके विशेष अध्ययन का विषय था। उनकी स्नातकोत्तर की उत्तर-पुस्तिका 'नोबेल पुरस्कार' विजेता डॉ. सी.वी. रमण ने जाँची थी।

ऐसा कहा जाता है कि डॉ. रमण उनके उत्तरों से इतने प्रभावित थे कि उन्होंने रज्जू भैया को अपने अधीन शोधकार्य के लिए आमंत्रित किया था। इसी बीच उन्हें प्रवक्ता के पद पर नौकरी ग्रहण करने का आमंत्रण भी मिल गया। शोध का प्रस्ताव स्वीकार करने के बजाय उन्होंने प्रवक्ता पद को तरजीह दी और सन् 1965 तक इलाहाबाद विश्वविद्यालय में अध्यापन करते रहे। सन् 1966 में वे संघ के प्रचारक बन गए।

रज्जू भैया हमेशा सांसारिक मोह-माया से विरक्त ही रहे और इसलिए उन्होंने अपने लिए कुछ भी नहीं चाहा। उनके पास जरूरत भर के ही कपड़े होते थे। उनकी प्रकृति को भाँपकर उनके पिता ने उनके लिए इलाहाबाद के सिविल लाइंस में ही घर बनवा दिया था; लेकिन रज्जू भैया

ने उसे एक शैक्षिक संस्थान 'सरस्वती शिशु मंदिर' को दान कर दिया।

ऐसा भी माना जाता है कि उनके पिता और उनके परिजनों को यह आशंका थी कि रज्जू भैया को जो कुछ भी दिया जाएगा, वह उसे सामाजिक संगठनों को दान कर देंगे; इसलिए उन्हें पैतृक संपत्ति में से कुछ भी हिस्सा नहीं दिया गया।

स्वामी चिन्मयानंद के अनुसार, "वह (रज्जू भैया) हमेशा अपने परिवार से कटे-कटे रहते थे। इलाहाबाद में वह शिशु मंदिर के एक कमरे में ही रहते थे। उन्होंने अपना ज्यादातर जीवन संघ के कार्यालय में ही बिताया। न तो उनके नाम से कोई बैंक खाता था, न ही एक इंच जमीन। उनकी प्रकृति में इतनी सरलता थी कि वे जिससे भी मिलते थे, स्वयं उनके जैसा व्यवहार करने लगता था। संघ के प्रति उनकी

जिम्मेदारी और पूर्ण निष्ठा के चलते उन्हें राजनीतिक दलों में तमाम लोग पसंद करते थे। सरसंघचालक जैसे अति प्रतिष्ठावाले पद पर आसीन होने के बावजूद वे सबके लिए मिलनसार ही बने रहे। शारीरिक रूप से बीमार होने के बावजूद उनके मन-मस्तिष्क पर इसका विपरीत प्रभाव नहीं पड़ा। जीवनपर्यंत वे सक्रिय रहे। वे हमेशा शिक्षा, सेवा, समर्पण और विचारों में सद्भाव के समर्थक रहे। यही कारण था कि संघ के सरसंघचालक के तौर पर उन्होंने जो निर्णय लिये, उनसे संघ का विस्तार ही हुआ। उनकी उदारवादी सोच को व्यापक रूप से समर्थन मिलता था। भौतिकी का छात्र होने के बावजूद उनका चरित्र हमेशा शांत एवं प्रकृतिस्थ रहा।''

स्वामी चिन्मयानंद ने एक बेहद दिलचस्प वाकया भी प्रस्तुत किया—''सन् 1989 में अयोध्या आंदोलन के दौरान जब हम लोग मुलायम सरकार

द्वारा गिरफ्तार कर लिये गए थे, रज्जू भैया, महंत अवैद्यनाथ और मुझे जिम कॉर्बेट पार्क के अतिथि गृह में रखा गया था। हालाँकि (मुलायम सिंह) यादव ने गिरफ्तार लोगों के लिए उच्च स्तर की व्यवस्था कर रखी थी, लेकिन रज्जू भैया हमेशा अपने कपड़े खुद धोते व सुखाते और हमेशा उन्हें अपने तकिया के नीचे रखते, जिससे उन कपड़ों को इस्त्री करने की जरूरत नहीं पड़ती थी। मधुमेह के रोगी होने के कारण उन्हें इंसुलिन लेनी पड़ती थी, लेकिन वे इंजेक्शन लगाने के लिए भी किसी की मदद नहीं लेते थे। कभी–कभी तो वे खुद ही सबके लिए चाय बनाते। शाम को वे अकसर टहलने जाते थे। हम भी जिम कॉर्बेट के जंगलों में उनका साथ देते और हमारे पीछे–पीछे पुलिस भी रहती। वे हँसते हुए कहा करते थे, 'भाई, हम और महंतजी बूढ़े हो चुके हैं, हम भाग नहीं सकते और चिन्मयानंद हमें अकेला नहीं छोड़ सकते। ऐसे में आप क्यों हमारा पीछा कर रहे हैं?' जब सिपाही अपना तर्क देते कि वे जंगली जानवरों से रक्षा के लिए साथ आ रहे हैं, तो वे कहते, 'शेर भी रहते हैं यहाँ; लेकिन आपको यह समझना चाहिए कि शेरों पर शेर हमला नहीं करते। हम तीनों ही शेर हैं और हमें किसी तरह की सुरक्षा की जरूरत नहीं है'।

सन् 1989 में अयोध्या आंदोलन के दौरान जब हम लोग मुलायम सरकार द्वारा गिरफ्तार कर लिये गए थे, रज्जू भैया, महंत अवैद्यनाथ और मुझे जिम कॉर्बेट पार्क के अतिथि गृह में रखा गया था। हालाँकि (मुलायम सिंह) यादव ने गिरफ्तार लोगों के लिए उच्च स्तर की व्यवस्था कर रखी थी, लेकिन रज्जू भैया हमेशा अपने कपड़े खुद धोते व सुखाते और हमेशा उन्हें अपने तकिया के नीचे रखते, जिससे उन कपड़ों को इस्त्री करने की जरूरत नहीं पड़ती थी।

"रज्जू भैया गहराई से आध्यात्मिक व्यक्ति थे। उन्हें अपने साथ एक सुंदरकांड गुटका रखे हमेशा देखा जा सकता था। यह किताब उन्हें ब्रह्मचारी प्रभु दत्तजी महाराज ने उपहार-स्वरूप दी थी। उसमें हनुमानजी की एक छोटी सी तसवीर थी। 30 नवंबर, 1989 को अयोध्या में कारसेवकों ने जब राम मंदिर की तरफ बढ़ने का कार्यक्रम तय किया, जिम कॉर्बेट में होने के बावजूद उन्होंने मुझे और महंतजी को सलाह दी कि हम जल्दी से सुंदरकांड का पाठ करें, ताकि किसी तरह की अनहोनी न होने पाए। उस जंगल में जब सुंदरकांड मिलने की परेशानी आई तो उन्होंने अपना गुटका निकालकर देते हुए हमसे उसे पढ़ने की अपील की। हमने भगवान् हनुमान की तसवीर को सामने रखकर सुंदरकांड का पाठ पूरा किया।"

> *रज्जू भैया गहराई से आध्यात्मिक व्यक्ति थे। उन्हें अपने साथ एक सुंदरकांड गुटका रखे हमेशा देखा जा सकता था। यह किताब उन्हें ब्रह्मचारी प्रभु दत्तजी महाराज ने उपहार-स्वरूप दी थी। उसमें हनुमानजी की एक छोटी सी तसवीर थी। 30 नवंबर, 1989 को अयोध्या में कारसेवकों ने जब राम मंदिर की तरफ बढ़ने का कार्यक्रम तय किया"*

वे दूसरों की पीड़ा देखकर द्रवित हो जाते थे और लोगों की सेवा करना अपना धर्म समझते थे। एक और वाकया याद करते हुए स्वामी चिन्मयानंद ने रज्जू भैया के भावुक मन का जिक्र किया है—"एक बार मैं उनके साथ भागलपुर की यात्रा पर था। विक्रमशिला एक्सप्रेस से हम सरस्वती शिशु मंदिर का उद्घाटन करने वहाँ जा रहे थे। हम ए.सी. कोच में सफर कर रहे थे; नीचे की बर्थ हमारे लिए आरक्षित थी। रात में हम सब सोने चले गए। सुबह जब मैं जागा तो देखा

कि उनकी बर्थ पर कोई और सो रहा है। वे एक कोने में बैठे हुए हैं। जब मैंने उनसे उस अतिथि के बारे में जानना चाहा तो उन्होंने इशारे से मुझे चुप करा दिया, ताकि उस अतिथि की नींद न टूटने पाए। वे सुबह 4 बजे उठ जाते थे और उस रात भी जब वे बाथरूम जा रहे थे, तो उन्होंने रास्ते में किसी लड़के को दरवाजे के हैंडल से लटकता हुआ पाया। उस लड़के की उम्र 9 या 10 बरस रही होगी। वह ठंड की रात थी। उस लड़के ने किसी तरह दरवाजे पर अपने पाँव टिका रखे थे। उन्होंने उसे अंदर बुलाया और अपनी बर्थ पर लिटा दिया। रास्ते में ही उन्हें कहीं से दूध मिल गया तो उन्होंने उस लड़के को पीने के लिए दे दिया। जब उनके समर्थक पटना स्टेशन पर उनसे मिलने पहुँचे, तब उन्होंने उस लड़के को उन लोगों को सौंपते हुए उसका नाम-पता वगैरह ढूँढ़कर उसके घर पहुँचाने के लिए कह दिया।''

सुबह जब मैं जागा तो देखा कि उनकी बर्थ पर कोई और सो रहा है। वे एक कोने में बैठे हुए हैं। जब मैंने उनसे उस अतिथि के बारे में जानना चाहा तो उन्होंने इशारे से मुझे चुप करा दिया, ताकि उस अतिथि की नींद न टूटने पाए। वे सुबह 4 बजे उठ जाते थे और उस रात भी जब वे बाथरूम जा रहे थे, तो उन्होंने रास्ते में किसी लड़के को दरवाजे के हैंडल से लटकता हुआ पाया।

रज्जू भैया के निधन की पहली बरसी पर वर्तमान संघ प्रमुख मोहनराव भागवत, जो उस समय सरकार्यवाह थे, ने संघ के साप्ताहिक मुखपत्र 'ऑर्गनाइज़र' में बेहद अनुकरणीय संस्मरण लिखा—'संघ पहले, मैं उसके बाद'।

''इन गुणों के आधार पर उन्होंने अच्छे व्यवहार के सिद्धांत को

सबके सामने रखा और सभी के साथ समान रूप से पेश आए। वे किसी से प्रभावित नहीं हुए, चाहे वह उम्र, रुतबा, व्यक्ति की महत्ता ही क्यों न हो। हर किसी के साथ व्यक्तिगत तौर पर ही व्यवहार करना उनका पहला सिद्धांत था। इस तरह के तमाम उदाहरण उनके जीवन में भरे पड़े हैं।''

एक बार महाराष्ट्र के चंद्रपुर जिले के एक गाँव का स्वयंसेवक अपने छोटे भाई को पुणे के महाविद्यालय में दाखिल कराने के लिए लेकर आया। तब तक रज्जू भैया सरसंघचालक की अपनी जिम्मेदारी पूरी करके अपना प्रभार माननीय सुदर्शनजी को सौंप चुके थे और खुद कौशिक आश्रम में स्वास्थ्य-लाभ के लिए चले गए थे। चंद्रपुर जिले के विभाग प्रचारक ने भी अपनी तरफ से एक पत्र लिखा और उस पर कुछ प्रमुख लोगों के टेलीफोन नंबर लिखकर उसे दे दिए।

इन गुणों के आधार पर उन्होंने अच्छे व्यवहार के सिद्धांत को सबके सामने रखा और सभी के साथ समान रूप से पेश आए। वे किसी से प्रभावित नहीं हुए, चाहे वह उम्र, रुतबा, व्यक्ति की महत्ता ही क्यों न हो। हर किसी के साथ व्यक्तिगत तौर पर ही व्यवहार करना उनका पहला सिद्धांत था।

स्वयंसेवक बंधु अपने भाई को लेकर सुबह 4 बजे पुणे पहुँचे। उनके ग्रामीण परिवेश का रहन-सहन और पता पूछने के दौरान उनका बातचीत का लहजा देखकर अराजक तत्त्व उनका पीछा करने लगा। यह देखकर दोनों भाई भयभीत हो गए। उन्होंने पास में एक टेलीफ़ोन बूथ देखकर स्थानीय संघ कार्यालय में फोन कर दिया, जिससे भी उनका फोन पर संपर्क होता, वह उनसे पूछ बैठता, 'आप कौन हैं? आप किसी तरह मेरे आवास या संघ कार्यालय पर पहुँचें।' लेकिन वे बुरी तरह डरे हुए थे और यह समझ नहीं पा रहे

थे कि अब करें तो क्या? वे यह भी नहीं बता पा रहे थे कि फोन कहाँ से कर रहे हैं। इसी क्रम में उन्होंने कौशिक आश्रम का भी नंबर मिला दिया। यह सुबह 5.30 बजे की घटना थी। रज्जू भैया ने खुद ही फोन उठाया। उधर से बिना किसी लाग-लपेट के स्वयंसेवक ने बोलना शुरू किया, 'मैं चंद्रपुर जिले के पीपली गाँव का स्वयंसेवक बोल रहा हूँ। मैं रज्जू भैया से बात करना चाहता हूँ।' रज्जू भैया ने जवाब दिया, 'हाँ, बताइए, क्या चाहते हैं, मैं बोल रहा हूँ।'

स्वयंसेवक ने रात की बात विस्तार से उन्हें बता दी कि एक गुंडा पास में ही खड़ा होकर हमारी बातें सुन रहा है। वह हमें कहीं जाने से भी रोक रहा है। इस पर रज्जू भैया ने जवाब दिया, 'मैं तो बिना किसी सहारे के चल भी नहीं सकता, तो मैं आपकी क्या सहायता कर पाऊँगा?' स्वयंसेवक ने कहा कि वह उस शहर के बारे में भी कुछ नहीं जानते। तभी फोन पर चीखते हुए रज्जू भैया ने कहा, 'तुम उन दोनों का पीछा कर रहे हो। मैं अभी पुलिस भेजता हूँ वहाँ।' रज्जू भैया ने इतनी ऊँची आवाज में कहा कि पास में मौजूद गुंडे तक उनकी आवाज पहुँच गई और इतना सुनते ही वह वहाँ से खिसक लिया।

स्वयंसेवक ने रात की बात विस्तार से उन्हें बता दी कि एक गुंडा पास में ही खड़ा होकर हमारी बातें सुन रहा है। वह हमें कहीं जाने से भी रोक रहा है। इस पर रज्जू भैया ने जवाब दिया, 'मैं तो बिना किसी सहारे के चल भी नहीं सकता, तो मैं आपकी क्या सहायता कर पाऊँगा?' स्वयंसेवक ने कहा कि वह उस शहर के बारे में भी कुछ नहीं जानते।

बाद में उक्त स्वयंसेवक रज्जू भैया से मिला और उनसे सारा वाकया कह सुनाया। अगर आप व्यावहारिक पहलू से इस घटना को देखें तो

एक तरफ आपको अनजाने से गाँव का एक सामान्य सा स्वयंसेवक नजर आएगा और दूसरी तरफ पूर्व सरसंघचालक, जिसे उक्त स्वयंसेवक की बतौर एक नागरिक चिंता थी। उन्हें इससे मतलब नहीं था कि वह बड़ा है या छोटा, शहर का रहनेवाला है या गाँव का, कार्यवाह है या सरकार्यवाह।

उन्होंने ऐसा क्यों किया? उन्होंने मुझे इसके बारे में तब बताया, जब मैं सरकार्यवाह बना। उन्होंने कहा, "सभी लोग मूलतः अच्छे होते हैं। हर एक के साथ इस तरह व्यवहार करना चाहिए, मानो उसमें ईश्वर वास करता हो। गुस्सा, जलन इत्यादि का उसके अंदर प्रवेश उसके बीते वक्त के अनुभव के कारण होता है, जो उसके व्यवहार को प्रभावित करता है। प्राथमिक तौर पर हर व्यक्ति अच्छा और भरोसेमंद होता है। हम जब भी लोगों के साथ पेश आएँ तो यह बात ध्यान रखनी चाहिए।"

सभी लोग मूलतः अच्छे होते हैं। हर एक के साथ इस तरह व्यवहार करना चाहिए, मानो उसमें ईश्वर वास करता हो। गुस्सा, जलन इत्यादि का उसके अंदर प्रवेश उसके बीते वक्त के अनुभव के कारण होता है, जो उसके व्यवहार को प्रभावित करता है। प्राथमिक तौर पर हर व्यक्ति अच्छा और भरोसेमंद होता है।

कम-से-कम दो से तीन बार उन्होंने मुझे बताया कि आक्रोश कभी सहायक साबित नहीं होता। उन्होंने यहाँ तक बताया कि संघ में कार्य के दौरान उन्हें दो या तीन मौकों पर किसी-न-किसी बात पर गुस्सा आया और हर बार नुकसान उनका ही हुआ, लाभ कुछ नहीं हुआ। मैं महसूस करता हूँ कि आक्रोश और व्यवहार को नियंत्रित करने का अभ्यास करने से दिमाग अच्छी तरह संतुलन में रहता है और उन्होंने (रज्जू भैया ने) उसे हासिल कर लिया था।

सभी लोगों के साथ एक समान तरीके से पेश आने और सभी लोगों को अच्छा व भरोसेमंद समझने का नतीजा यह हुआ कि उनके साथ हमेशा बहुत सारे लोग जुड़े रहे। उन्होंने कभी अपनी परेशानियों का जिक्र नहीं किया; वे संघ की गतिविधियों में ही व्यस्त रहे।

कुछ दिन पूर्व मैं विश्व हिंदू परिषद् की एक बैठक में शामिल होने गया था। एक अनौपचारिक बातचीत के दौरान आचार्य धर्मेंद्रजी ने एक वाकया सुनाया। जब रज्जू भैया मुंबई में थे तो वे भी उस दौरान वहाँ पहुँचे हुए थे। जब आचार्य धर्मेंद्रजी रज्जू भैया से मिलने पहुँचे तो वे नाश्ता कर रहे थे। वह नाश्ता इतना मसालेदार था कि रज्जू भैया के चेहरे की एक झलक देखकर ही धर्मेंद्रजी ने उनके अनुभव के बारे में सबकुछ जान लिया था। वह टिप्पणी किए बिना न रह सके और बोले, 'रज्जू भैया, आप जहर क्यों खा रहे हैं? इस भोजन में ढेर सारी मिर्च खाने में आपको कौन से आनंद की अनुभूति हो रही है?'

कुछ दिन पूर्व मैं विश्व हिंदू परिषद् की एक बैठक में शामिल होने गया था। एक अनौपचारिक बातचीत के दौरान आचार्य धर्मेंद्रजी ने एक वाकया सुनाया। जब रज्जू भैया मुंबई में थे तो वे भी उस दौरान वहाँ पहुँचे हुए थे। जब आचार्य धर्मेंद्रजी रज्जू भैया से मिलने पहुँचे तो वे नाश्ता कर रहे थे।

तब रज्जू भैया ने अपना मुँह खोला और अपनी जीभ दिखाई। उनकी जीभ पर छाले पड़ गए थे। आचार्य धर्मेंद्र ने उन्हें पोहा, दलिया जैसा कुछ मँगाने की सलाह रहते दी।

लेकिन रज्जू भैया ने जवाब दिया, 'नहीं, एक बेहद बुजुर्ग स्वयंसेवक ने बड़े प्यार से मेरे लिए इस नाश्ते का इंतजाम किया है, इसलिए मैं

इसे खा रहा हूँ।' यह दिखाता है कि रज्जू भैया स्वयंसेवक और उनकी परेशानियों को लेकर कितने चिंतित थे।

एक बार रज्जू भैया नागपुर के संक्षिप्त दौरे पर आए हुए थे। उस दौरान वे सरकार्यवाह थे और मैं नागपुर में प्रचारक था। सामान्यत: जब कोई अधिकारी नागपुर आता था तो उसका दो से तीन दिन वहाँ रुकने का कार्यक्रम तय होता था। अत: लगभग पाँच से छह कार्यक्रमों में रोजाना शामिल होने का क्रम चलता था। उस दिन सुबह की सारिणी के मुताबिक उनके लिए कार्यक्रम तय किए गए। वे संघ कार्यालय पहुँचे। उन्हें उनके कमरे तक पहुँचाने के लिए मैं उनके साथ ही था। तभी मेरे हाथ अनजाने में उनके हाथों से छू गए। मुझे महसूस हुआ मानो मैंने जलती हुई अगरबत्ती को छू लिया हो। मैंने तुरंत उनका हाथ पकड़ा और तब मुझे उनके बुखार का अंदाजा हुआ। मैंने कहा, 'आपको तो बुखार है।'

उन्होंने जवाब दिया, 'चिंता न करो; यह पिछले दो-तीन दिन से लगातार ऐसे ही चल रहा है।'

मैंने कहा, 'नहीं-नहीं, कार्यक्रम...'

उन्होंने मुझे बीच में ही रोका, 'नहीं, कार्यक्रम रद्द मत करो। मुझे बैठकर ही बात करनी है। मेरे शरीर पर इसका किसी प्रकार का तनाव या दबाव नहीं पड़ेगा। मैं चलने में सक्षम हूँ और खाना भी खा रहा हूँ। मैं निश्चित तौर पर बोल सकता हूँ।' उसके बाद उन्होंने सारे कार्यक्रमों में हिस्सा लिया।

वे खुद को परदे में रखते थे और आदर्श को सबके सामने। यह उनके व्यवहार की दूसरी सबसे बड़ी विशेषता थी। आधुनिक समय में मैं सोचता हूँ कि ये दो गुण हर स्वयंसेवक में होने आवश्यक हैं।

उन्होंने मुझे बीच में ही रोका, 'नहीं, कार्यक्रम रद्द मत करो। मुझे बैठकर ही बात करनी है। मेरे शरीर पर इसका किसी प्रकार का तनाव या दबाव नहीं पड़ेगा। मैं चलने में सक्षम हूँ और खाना भी खा रहा हूँ। मैं निश्चित तौर पर बोल सकता हूँ।' उसके बाद उन्होंने सारे कार्यक्रमों में हिस्सा लिया।

एक बार अर्ध-चेतन अवस्था में रज्जू भैया ने कहा था, 'संघ का काम बढ़ रहा है; इसको और तेजी देने की जरूरत है। काम तभी आगे बढ़ेगा, जब हर स्वयंसेवक संघ के कार्य को प्राथमिकता देगा। उसे छात्र, गृहस्थ या नास्तिक रहने के लिए छोड़ दिया जाए। हर स्वयंसेवक को यह स्वीकार करना होगा कि संघ का काम सबसे पहले है, बाकी सब उसके बाद। अगर हम इस स्थिति पर पहुँच गए तो संघ के कार्य की गति अपने आप तेज हो जाएगी।' रज्जू भैया ने अपने जीवन को उदाहरण के रूप में पेश किया—संघ का कार्य पहले, तत्पश्चात् मैं।

दूसरा, हम सबको रज्जू भैया का दिया मूल मंत्र हमेशा याद रखना होगा—'सभी लोग मूलतः अच्छे होते हैं, भरोसेमंद होते हैं, समाज में एकता लाने के लिए इस सोच के साथ चलना होगा।'

केवल संघ के स्वयंसेवक ही समाज को अपने साथ लेकर चलने की क्षमता से भरे-पूरे हैं। मैं सोचता हूँ कि संघ के कार्य के अगले चरण के उद्‌देश्य को पूरा करने के लिए हर स्वयंसेवक के भीतर दो गुण जरूर होने चाहिए, जिनके बारे में रज्जू भैया पूर्व में अपने निजी जीवन के माध्यम से हम सबको बता चुके हैं।

□

के.एस. सुदर्शन :
पाँचवें सरसंघचालक

पाँचवें संघ प्रमुख—कुप्पहल्ली सीतारमैया सुदर्शन कर्नाटक के मंड्या जिले के रहनेवाले थे। उन्होंने सरसंघचालक का दायित्व वर्ष 2000 से 2009 तक सँभाला। इसके बाद उन्होंने स्वास्थ्य कारणों से पद छोड़ने का निर्णय किया और संगठन की कमान मोहनराव भागवत, छठे और वर्तमान संघ प्रमुख को सौंप दी।

सुदर्शनजी को उनकी तीक्ष्ण बुद्धि, विवेक और विस्तृत विषयों के गहन अध्ययन, जिसमें हिंदुत्व से लेकर विदेश मामलों तक के विषय समाहित थे, के लिए जाना जाता था। उनके पास वैश्विक और भारतीय परंपरा को वृहद् स्तर पर समझने और अपने सैद्धांतिक नजरिए से हर स्वयंसेवक के समक्ष एक बड़ी तसवीर खींच देने की क्षमता मौजूद रखते थे।

कुप्पहल्ली सीतारमैया सुदर्शन

उनका उद्‌बोधन ऐसे लोगों में भी काफी प्रचलित होता था, जो स्वयंसेवक नहीं थे। 18 जून, 1931 को रायपुर (तब मध्य प्रदेश का हिस्सा) में उनका जन्म हुआ और नौ साल की अवस्था में उन्होंने संघ शाखा में प्रवेश लिया।

वे प्रखर बुद्धि के छात्र थे और उन्होंने सागर विश्वविद्यालय से बैचलर ऑफ इंजीनियरिंग इन टेलीकम्युनिकेशंस (ऑनर्स) किया था। सन् 1954 में उन्होंने संघ का पूर्णकालिक सदस्य बनने का फैसला किया और फिर प्रचारक बन गए।

प्रचारक के तौर पर उनका पहला कार्यक्षेत्र रायगढ़ जिला था। सन् 1964 में 33 साल की अवस्था में वे मध्य भारत के प्रांत प्रचारक बन गए।

वे प्रखर बुद्धि के छात्र थे और उन्होंने सागर विश्वविद्यालय से बैचलर ऑफ इंजीनियरिंग इन टेलीकम्युनिकेशंस (ऑनर्स) किया था। सन् 1954 में उन्होंने संघ का पूर्णकालिक सदस्य बनने का फैसला किया और फिर प्रचारक बन गए।

प्रचारक के तौर पर उनका पहला कार्यक्षेत्र रायगढ़ जिला था। सन् 1964 में 33 साल की अवस्था में वे मध्य भारत के प्रांत प्रचारक बन गए।

सन् 1969 में जब वे महज 38 वर्ष के थे, तब उन्हें अखिल भारतीय शारीरिक प्रमुख की जिम्मेदारी मिली। उनका चयन स्वयं तत्कालीन सरसंघचालक श्रीगुरुजी ने किया था।

उन्हें इस तरह सन् 1977 में उत्तर-पूर्व में काम करने का मौका मिला और दो साल बाद ही उन्हें अखिल भारतीय बौद्धिक प्रमुख का प्रभार मिल गया।

सन् 1990 में उन्हें संगठन का सह-सरकार्यवाह (संयुक्त महासचिव) नियुक्त किया गया। एक ही समय में कई पदों पर रहने का अनोखा कीर्तिमान भी उन्हीं के नाम है। वे अलग-अलग मौकों पर एक साथ शारीरिक और बौद्धिक प्रमुख बनाए गए। वर्ष 2000 में वे संघ के सरसंघचालक बन गए।

वे स्वदेशी के कट्टर समर्थक थे और संघ के प्रमुख विचारकों में

शामिल थे। उनका निधन छत्तीसगढ़ के रायपुर में 15 सितंबर, 2012 को हुआ।

उच्च कोटि के संघ नेता एवं तमाम राष्ट्रीय नेताओं ने उन्हें अपनी श्रद्धांजलि अर्पित की। प्रधानमंत्री नरेंद्र मोदी, जो उस समय गुजरात के मुख्यमंत्री थे, ने सुदर्शन के निधन पर उनके बारे में कहा, ''वे तीक्ष्ण बुद्धि, मिलनसार व्यक्तित्व और हमेशा अनुशासित जीवन तथा सरलता के लिए जाने गए।''

उच्च कोटि के संघ नेता एवं तमाम राष्ट्रीय नेताओं ने उन्हें अपनी श्रद्धांजलि अर्पित की। प्रधानमंत्री नरेंद्र मोदी, जो उस समय गुजरात के मुख्यमंत्री थे, ने सुदर्शन के निधन पर उनके बारे में कहा, ''वे तीक्ष्ण बुद्धि, मिलनसार व्यक्तित्व और हमेशा अनुशासित जीवन तथा सरलता के लिए जाने गए।''

सुदर्शनजी को याद करते हुए एक वरिष्ठ संघ कार्यकर्ता ने रेडिफ डॉट कॉम पर लिखा—''राष्ट्रीय स्वयंसेवक संघ कार्यालयों में उन्होंने इसे अलिखित नियम बनवा दिया कि पीने के लिए लोग उतना ही पानी गिलास में भरें, जितना उनके लिए जरूरी हो। पानी बरबाद न करें, न तो गिलास में पानी केवल फेंकने के लिए भरें। शुद्ध पानी की कमी हो रही है।'' यह उनकी अपील थी।

वे जिससे भी मिलते, उससे महँगी और शानो-शौकत का दिखावा करनेवाली शादियाँ रोकने की अपील करते। उनका कहना था कि इस तरह के आयोजन नहीं होने चाहिए। ये भारत के लाखों गरीबों और हिंदू समाज पर एक धब्बा हैं।''उनका एक मिशन कन्या भ्रूण-हत्या को रोकना भी था। वे अपने उद्बोधनों में कहते थे कि हम लक्ष्मी, दुर्गा और सरस्वती की पत्थर की मूर्तियों की तो पूजा करते हैं, लेकिन जीवंत देवी

को गर्भ में ही मारने का प्रयास करते हैं।

जब भी वे दिल्ली में होते तो 'पाञ्चजन्य' और 'ऑर्गनाइज़र' के कार्यालय जरूर जाते और संपादकों के साथ विभिन्न प्रकार के वर्तमान मुद्दों पर चर्चा करते। वैश्विक मामलों और उनके भारत पर असर को लेकर उनका ज्ञान जबरदस्त था। उनके मित्रों में कूटनीतिज्ञ, वैज्ञानिक, वैदिक शोधकर्ता, पर्यावरणविद् और स्वदेशी को प्रोत्साहन देनेवाले अर्थशास्त्री शामिल थे।

जब भी वे दिल्ली में होते तो 'पाञ्चजन्य' और 'ऑर्गनाइज़र' के कार्यालय जरूर जाते और संपादकों के साथ विभिन्न प्रकार के वर्तमान मुद्दों पर चर्चा करते। वैश्विक मामलों और उनके भारत पर असर को लेकर उनका ज्ञान जबरदस्त था।

उन्हें अटल बिहारी वाजपेयी की कविताएँ विशेष तौर पर पसंद थीं और वे विभिन्न बैठकों में तथा अन्य अवसरों पर पूरे तरन्नुम में सुनाया करते थे। एक दैनिक अखबार ने उनका साक्षात्कार छापा, जिससे उनके और वाजपेयीजी के बीच खिंचाव उत्पन्न हो गया। तब उन्हें बहुत बुरा लगा था और यह एक तरह से दोनों नेताओं की परिपक्वता, समझदारी को श्रेय दिया जाना चाहिए कि 'खराब खून बह गया और संबंध सामान्य हो गए।'

सुदर्शन ने इसलाम का भी काफी गहन अध्ययन किया था। इसलामिक जगत् में भी उन्हें बड़े सम्मान के साथ देखा जाता था। उन्होंने संघ और मुसलमानों के बीच पनपी तमाम गलतफहमियों को दूर करने में महती भूमिका निभाई।

सुदर्शनजी के निधन पर डेली भास्कर डॉट कॉम में एक रिपोर्ट प्रकाशित हुई, जिसमें उनके निधन पर कुछ इस प्रकार लिखा गया—

"इसलामिक संगठन जमात-ए-इसलामी हिंद ने संघ प्रमुख सुदर्शन की बेहद तारीफ की और उनके निधन पर गहरा शोक व्यक्त किया।"

22 सितंबर को जमात-ए-इसलामी हिंद के साप्ताहिक मुखपत्र 'दवात' में एक लेख छपा था—"उनकी मृत्यु पर वे संताप क्यों कर रहे हैं?" मुख्य संपादक रहमानी ने लिखा—"यह साफ नहीं है कि के.एस. सुदर्शन के निधन पर संघ परिवार किस कदर व्यथित है।" लेकिन 20 अगस्त के दिन जिन मुसलमानों ने भोपाल की इस खबर के बारे में सुना, वे जरूर उदास होंगे।

22 सितंबर को जमात-ए-इसलामी हिंद के साप्ताहिक मुखपत्र 'दवात' में एक लेख छपा था—"उनकी मृत्यु पर वे संताप क्यों कर रहे हैं?" मुख्य संपादक रहमानी ने लिखा—"यह साफ नहीं है कि के.एस. सुदर्शन के निधन पर संघ परिवार किस कदर व्यथित है।" लेकिन 20 अगस्त के दिन जिन मुसलमानों ने भोपाल की इस खबर के बारे में सुना, वे ज़रूर उदास होंगे।

इससे पूर्व 'दवात' के 1 सितंबर के अंक में रहमानी ने सुदर्शन के बारे में लिखा था, "वह राष्ट्रीय स्वयंसेवक संघ के पुराने और सर्वाधिक महत्त्वपूर्ण नेताओं में से एक तथा बहुत पढ़े-लिखे व्यक्ति थे।"

टाइम्स ऑफ इंडिया की एक रिपोर्ट के मुताबिक 'दवात' के मुख्य संपादक परवाज रहमानी ने सुदर्शनजी को याद करते हुए लिखा, "सुदर्शन 20 अगस्त को ताजुल मसजिद में ईद की नमाज के मौके पर मुबारकबाद देने के लिए जाना चाहते थे।..."

रहमानी ने आगे लिखा—"ईद की नमाज के बाद मध्य प्रदेश के पूर्व मुख्यमंत्री बाबूलाल गौर उन्हें परिचित मुसलमान के घर ले गए, जहाँ

सुदर्शन ने ईद की मुबारकबाद दी, सेवइयाँ खाईं और काफी खुश हुए।''

'स्वदेशी' की जरूरत पर सुदर्शनजी के बल देने के विरोध में चर्च ने सन् 2001 में एक बड़ी बहस रखी थी। एक पुस्तक के विमोचन के अवसर पर यह सब अचानक शुरू हुआ। संघ के साप्ताहिक 'ऑर्गनाइजर' ने इस दिन (29 अप्रैल, 2001 को) इस कार्यक्रम की रिपोर्ट छापी थी। रिपोर्ट का शीर्षक था—'भारत में स्वदेशी चर्च का संघ स्थापित किया जाए', जिसे यहाँ भी पुन: उद्धृत किया जा रहा है, ताकि पाँचवें संघ प्रमुख की वैचारिक अंतर्दृष्टि के बारे में एक बार फिर प्रकाश डाला जा सके।

''राष्ट्रीय स्वयंसेवक संघ के सरसंघचालक श्री के.एस. सुदर्शन ने भारतीय ईसाइयों का संघ बनाने का आह्वान किया। उन्होंने स्वदेशी चर्च के विचार का सूत्रपात किया था। उनके अनुसार इस दिशा में पहला कदम भारत में राष्ट्रीय चर्च की रचना है; यह चर्च सभी प्रकार के विदेशी नियंत्रण से मुक्त होगा।''

□

मोहन मधुकरराव भागवत :
छठे सरसंघचालक

डॉ. मोहन मधुकरराव भागवत को सामान्यतया 'मोहन भागवत' के नाम से ही जाना जाता है। उनका जन्म 11 सितंबर, 1950 को महाराष्ट्र के चंद्रपुर में हुआ था। उनके पिता मधुकरराव भागवत भी समर्पित स्वयंसेवक थे और लंबे समय तक संघ प्रचारक रहे थे। मोहन अपने माता-पिता के सबसे बड़े पुत्र हैं और उनके दो छोटे भाई एवं एक बहन भी हैं।

उनकी शिक्षा-दीक्षा लोकमान्य तिलक विद्यालय से हुई थी। उन्होंने

चंद्रपुर के जनता महाविद्यालय से भी पढ़ाई की है। बाद में उन्होंने महाराष्ट्र के नागपुर स्थित गवर्नमेंट वेटेनरी कॉलेज से पशु चिकित्सा

विज्ञान और पशु-पालन में स्नातक किया।

डॉ. भागवत ने अपनी स्नातकोत्तर की पढ़ाई बीच में ही छोड़ दी और सन् 1975 में संघ के प्रचारक बन गए। सन् 1975 में प्रधानमंत्री इंदिरा गांधी द्वारा आपातकाल लागू करने के बाद वे भूमिगत हो गए और तत्कालीन कांग्रेस सरकार द्वारा थोपे गए कठोर नियमों का प्रखर तरीके से विरोध करने में जुट गए।

डॉ. भागवत ने अपनी स्नातकोत्तर की पढ़ाई बीच में ही छोड़ दी और सन् 1975 में संघ के प्रचारक बन गए। सन् 1975 में प्रधानमंत्री इंदिरा गांधी द्वारा आपातकाल लागू करने के बाद वे भूमिगत हो गए और तत्कालीन कांग्रेस सरकार द्वारा थोपे गए कठोर नियमों का प्रखर तरीके से विरोध करने में जुट गए।

सन् 1991 से 1999 तक उन्होंने अखिल भारतीय शारीरिक प्रमुख के तौर पर अपने दायित्व का निर्वहन किया। इसके उपरांत उन्हें पूर्णकालिक संघ कार्यकर्ताओं की जिम्मेदारी दी गई और उन्हें अखिल भारतीय प्रचारक प्रमुख बनाया गया।

वर्ष 2000 में उन्हें सरकार्यवाह (महासचिव) बनाया गया। 21 मार्च, 2009 को उन्हें सरसंघचालक नियुक्त किया गया। संघ के इतिहास में उन्हें सबसे युवा प्रमुख बनने का मौका मिला। उनके सांगठनिक कौशल और निर्णय क्षमता को देखते हुए उन्हें इस सर्वाधिक सम्मानित पद के योग्य समझा गया।

छठे संघ प्रमुख की तमाम मुद्दों पर सोच को जाननके के लिए नागपुर में वर्ष 2014 में विजयादशमी के अवसर पर दिए उनके वार्षिक उद्‌बोधन को जरूर पढ़ना चाहिए। 2014 को भारतीय जनता पार्टी की ऐतिहासिक जीत के रूप में भी उन्हें सदैव याद रखा जाएगा, जिसका

नेतृत्व करते हुए संघ के एक स्वयंसेवक को देश का प्रधानमंत्री बनने का सौभाग्य प्राप्त हुआ। इस परिप्रेक्ष्य में जब कोई उनके भाषण को पढ़ेगा तो उसे यह स्पष्ट हो जाएगा कि संघ ने खुद को राजनीतिक ताकत के जाल में फँसने से बचाकर रखा है और अपने दृष्टिकोण को अपनी शर्तों और अपनी गति से वह विकसित करता जा रहा है।

□

राष्ट्रीय स्वयंसेवक संघ : संक्षिप्त इतिहास

1925—27 सितंबर को विजयादशमी के अवसर पर डॉ. केशवराव बालीराम हेडगेवार (डॉक्टरजी) ने घोषणा की—"हम आज संघ का श्रीगणेश करने जा रहे हैं। हम सभी को शारीरिक, बौद्धिक तथा हर प्रकार से स्वयं को प्रशिक्षित करना होगा, ताकि हम अपना लक्ष्य पा सकें।"

1926—17 अप्रैल को संघ का नाम 'राष्ट्रीय स्वयंसेवक संघ' रखा गया। 28 मई को नागपुर के मोहितेवाड़ा मैदान में नित्य शाखा आरंभ की गई।

1928—पहले 'गुरु दक्षिणा उत्सव' में 84 रुपए की कुल समर्पण राशि प्राप्त हुई। पहला शीत शिविर आयोजित किया गया।

1929—9, 10 नवंबर को डोक मठ, नागपुर में आयोजित बैठक में, डॉ. हेडगेवार को सरसंघचालक तथा बालाजी हुदार को सरकार्यवाह और मार्तंडराव जोग को सरसेनापति चुना गया।

1931—संघ ने वाराणसी में नित्य शाखा का आरंभ किया। भैयाजी दाणी ने बनारस शाखा में माधवराव सदाशिवराव गोलवलकर (श्रीगुरुजी) का परिचय कराया।

1932—15 दिसंबर को केंद्रीय प्रांत सरकार ने आदेश जारी करके सरकारी कर्मचारियों पर संघ की गतिविधियों में भाग लेने पर रोक लगा दी।

1935—संघ में भाग लेने के लिए सरकारी कर्मचारियों पर रोक लगाने का आदेश विधानसभा में निरस्त हो गया। महात्मा गांधीजी ने वर्धा में संघ शिविर का दौरा किया। 'श्रीगुरुजी' के नाम से ज्ञात एम.एस. गोलवलकर को नागपुर शाखा का 'कार्यवाह' बनाया गया।

1936—25 अक्तूबर को विजयादशमी के अवसर पर 'राष्ट्र सेविका समिति' की स्थापना की गई। इसने पंजाब में कार्य करना शुरू कर दिया।

1937—संघ ने उत्तर प्रदेश में कार्य करना आरंभ कर दिया। इस प्रयोजनार्थ 10 स्वयंसेवकों का बैच वहाँ भेजा गया।

1939—श्रीगुरुजी गोलवलकर को सरकार्यवाह के रूप में नामित किया गया।

1940—19 जून को मृत्यु शय्या पर लेटे डॉ. हेडगेवार से सुभाष चंद्र बोस मिलने आए। 21 जून को डॉ. हेडगेवार चल बसे। उनके स्थान पर श्रीगुरुजी सरसंघचालक बने।

1947—केन्या में संघ स्वयंसेवकों ने 'भारतीय स्वयंसेवक संघ' की स्थापना की। साथ ही दो साप्ताहिक पत्रों—ऑर्गनाइज़र (अंग्रेजी) और पाञ्चजन्य (हिंदी) का प्रकाशन आरंभ हुआ।

1948—महात्मा गांधी की हत्या के बाद संघ पर प्रतिबंध, श्रीगुरुजी सहित 17,000 से अधिक स्वयंसेवकों की गिरफ्तारी।

1949—संघ पर लगा प्रतिबंध हटा। संघ ने अपने 'संविधान' का

मसौदा तैयार किया। संघ ने कॉलेज के विद्यार्थियों के बीच कार्य करने के लिए 'अखिल भारतीय विद्यार्थी परिषद्' (ए.बी.वी.पी.) का गठन किया।

1950—अखिल भारतीय प्रतिनिधि सभा की पहली बैठक का आयोजन; भैयाजी दाणी को सरकार्यवाह चुना गया।

1952—गौ रक्षा आंदोलन का सूत्रपात, देश में गौ वध पर प्रतिबंध लगाने की माँग उठी; 85,000 शहरों तथा गाँवों—यानी देश के प्रत्येक भाग को सम्मिलित करते हुए स्वयंसेवकों ने 1,75,39,813 लोगों के हस्ताक्षर लिये। 8 दिसंबर को ये हस्ताक्षर भारत के राष्ट्रपति डॉ. राजेंद्र प्रसाद के सम्मुख पेश किए गए। 'वनवासी कल्याण आश्रम' प्रारंभ हुआ। डॉ. श्यामाप्रसाद मुखर्जी ने भारतीय जनसंघ का गठन किया तथा अनेक स्वयंसेवक इसमें शामिल हुए।

1953—23 जून को कश्मीर में डॉ. श्यामाप्रसाद मुखर्जी का आकस्मिक निधन।

1954—संघ स्वयंसेवकों ने 2 अगस्त को दादर नगर हवेली को पुर्तगाल के नियंत्रण से मुक्त कराया तथा यह क्षेत्र केंद्र सरकार को सौंपा।

1955—भारतीय मजदूर संघ का गठन; संघ स्वयंसेवकों ने पुर्तगाली नियंत्रण से गोवा को मुक्त कराने के लिए सर्वदलीय संघर्ष की अगुवाई की।

1956—एकनाथ रानाडे सरकार्यवाह चुने गए।

1962—भैयाजी दाणी को सरकार्यवाह चुना गया। चीन का भारत पर आक्रमण, संघ स्वयंसेवकों ने भारत सरकार तथा रक्षा बलों, सेनाओं को अपना सहयोग दिया।

1963—दिल्ली में गणतंत्र परेड में भाग लेने के लिए 26 जनवरी

को संघ को आमंत्रित किया। लगभग 3,000 स्वयंसेवकों ने पूरे गणवेश में बैंड के साथ परेड में भाग लिया।

1965—मधुकर दत्तात्रेय देवरस (बालासाहबजी) सरकार्यवाह चुने गए। पाकिस्तान का भारत पर हमला; संघ स्वयंसेवेकों द्वारा रक्तदान तथा युद्ध के दौरान किए जा रहे प्रयासों में महत्त्वपूर्ण योगदान; तत्कालीन प्रधानमंत्री लालबहादुर शास्त्री द्वारा आयोजित सर्वदलीय कॉन्फ्रेंस में श्रीगुरुजी ने भाग लिया।

1973—5 जून को द्वितीय संघ सरसंघचालक, श्रीगुरुजी का देहावसान; 6 जून को बालासाहब देवरस को तीसरा सरसंघचालक चुना गया। माधवराव मुले को सरकार्यवाह चुना गया।

1975—25 जून को आपातस्थिति की घोषणा। 4 जुलाई को दूसरी बार संघ पर प्रतिबंध लगा। बालासाहब तथा संघ नेतृत्व की प्रतिबंध के विरुद्ध आंदोलन में संघ ने मोर्चा सँभाला।

1977—22 मार्च को संघ से प्रतिबंध हटा। 3 नवंबर को जयप्रकाश नारायण ने पटना में संघ की बैठक को संबोधित किया। प्रो. राजेंद्र सिंह उपाख्य रज्जू भैया को सरकार्यवाह नामित किया गया।

1978—30 सितंबर को सरकार्यवाह माधवराव मुले का निधन, रज्जू भैया को सरकार्यवाह चुना गया।

1980—संघ ने जनसंपर्क अभियान छेड़ा; 95,000 गाँव तथा 1 करोड़ परिवार इसमें सम्मिलित हुए।

1981—'संस्कार भारती' की स्थापना; केरल के मीनाक्षीपुरम् में 800 हिंदू परिवारों के इसलाम में धर्मांतरण के विरुद्ध संघ के नेतृत्व में राष्ट्रव्यापी अभियान शुरू।

1985—संघ के 60 वर्ष संपन्न; राष्ट्रव्यापी जागरूकता के अनेक सामाजिक-सांस्कृतिक कार्यक्रमों का आयोजन।

1986—'राष्ट्रीय सिख' संगत की स्थापना।

1987—हो.वे. शेषाद्रि का सरकार्यवाह रूप में चयन।

1989—25 जून को संघ की मोगा (पंजाब) शाखा पर आतंकवादियों का हमला; 18 स्वयंसेवक और 6 अन्य लोग मारे गए; लगभग 30 व्यक्ति घायल।

1992—14 मई को भाऊराव देवरस का निधन; 20 अगस्त को यादवराव जोशी का निधन; 6 दिसंबर को कारसेवकों द्वारा राम जन्मभूमि पर बना बाबरी ढाँचा गिराया जाना; 10 दिसंबर को तीसरी बार केंद्र सरकार द्वारा संघ पर प्रतिबंध लगा।

1993—संघ पर प्रतिबंध बाहरी ट्रिब्यूनल द्वारा न्यायोचित नहीं ठहराया गया। 'अखिल भारतीय पूर्व सैनिक सेवा परिषद्' का गठन।

1994—11 मार्च को रज्जू भैया संघ के चौथे सरसंघचालक नामित, 'अखिल भारतीय सेवा विभाग' का प्रारंभ; 'लघु उद्योग भारती' की स्थापना।

1999—6 अगस्त को त्रिपुरा में चार प्रचारकों—दीनेंद्रनाथ डे, श्यामलकांति सेन, शुभांकर चक्रवर्ती तथा सुधामय दत्ता का एन.एल.एफ.टी. द्वारा अपहरण तथा 2 करोड़ रुपए की फिरौती की माँग, बाद में चारों प्रचारकों की हत्या।

2000—कुप्.सी. सुदर्शन को संघ का पाँचवाँ सरसंघचालक तथा मोहन भागवत को सरकार्यवाह बनाया गया।

2003—रज्जू भैया तथा वरिष्ठ संघ प्रचारक मोरोपंत पिंगले तथा चमनलाल का निधन।

2004—श्रम एवं स्वदेशी आंदोलन के प्रबल समर्थक दत्तोपंत ठेंगड़ी का निधन।

2005—हो.वे. शेषाद्रि का निधन।

2009—मोहन भागवत छठे सरसंघचालक बने।

2012—कुप्.सी. सुदर्शन का निधन।

□□□